I WLAD FAWR

I WLAD FAWR

Roger Stephens Jones

Gwasg
Gwynedd

Argraffiad Cyntaf — Rhagfyr 1994

ISBN 0 86074 113 3

© Roger Stephens Jones 1994
© lluniau: John Stephens-Jones 1994

Dymuna'r cyhoeddwyr gydnabod cymorth
Adrannau'r Cyngor Llyfrau Cymraeg.

Dymuna'r awdur gydnabod yr Ysgoloriaeth
a gafodd gan Gyngor Celfyddydau Cymru
er mwyn llunio'r nofel hon.

*Argraffwyd a chyhoeddwyd
gan Wasg Gwynedd, Caernarfon*

I MAM A 'NHAD

I

Roedd Ffredi'n llond ei wala. Roedd ei fol, wedi'i chwyddo gan ginio anferth yng nghartref Nansi, yn dweud 'Na,' ond roedd y wlithen fach, biwsddu i'w gweld yn benderfynol.

'Gwirionyn wyt ti,' cwynai'r broga'n ddioglyd, ond yn ofer, oblegid parhâi'r wlithen i gropian tuag ato ar ei thrywydd llysnafeddog. Roedd ei chyrn, fel bysedd fforchiog rhyw Sisiliwr maleisus, wedi'u hanelu'n ystyfnig tuag at Ffredi. 'Mor wirion wyt!' A phlygodd dros ei fol chwyddedig i godi'r tamaid tywyll yn fwyn. Roedd hi ychydig yn chwerw yn ei geg.

Wrth iddo sylwi ar hyn, clywodd Ffredi sŵn rhywbeth mawr yn nesáu trwy'r llwyni gwlyb. Llyncodd yn sydyn a hercian i gysgod ei gartref mewn boncyff oedd wedi hanner suddo ar lan y pwll. Yn fuan wedyn, ymddangosodd dyn o gawlach y llysdyfiant. Roedd arogl anghyffordus yn y glaw mân arno. Edrychodd ar y llaid ac yna ar y brigau oedd yn diferu dŵr am ei ben a'i groen du. Crawciodd yn uchel cyn poeri at y llwyni. Oedd y dyn hefyd newydd fwyta gwlithen hyll, meddyliodd Ffredi? Yna, ymwthiodd y dyn un o'i bawennau mawr pinc i'w groen du a thynnu allan ohono focs bach euraidd. O'r bocs daeth brigyn gwyn a rhoddodd y dyn ef yn ei geg. Diflannodd y bocs aur unwaith eto ac, yn ei le, ymddangosodd un arian. Yn syth, ffrwydrodd tân ohono! Roedd y dyn yn ceisio'i losgi'i hun — roedd wedi cynnau

7

tân yn y brigyn gwyn oedd yn dal rhwng ei wefusau! Diflannodd y bocs arian wrth i fwg ddechrau tywallt o'r dyn, ac ymhen dim roedd yn drewi'n waeth na chynt. Plyciai ffroenau Ffredi dan gynnwrf a ffieidd-dra.

Nid oedd Philip Owen Thomas, Cyfreithiwr a Chomisiynydd Llwon, yn ymwybodol o'i ddrewdod. Ar y llaw arall, roedd yn teimlo'n ddig ac yn ffŵl. Rhyw bythefnos yn gynharach, roedd wedi derbyn amlen bwysig ei golwg oddi wrth swyddfeydd cyfreithiol Shrinkelstein, Shrinkel a Shrink yn Toronto. Roedd eu llythyr, a rhimyn du arno, wedi cynnig ugain mil o ddoleri os medrai ddod o hyd i etifedd Siôn Assurbanipal Myrdal. Pwy? Heb ddarllen ymhellach roedd Philip Owen Thomas wedi ffonio ambell un o'i ffrindiau — cyfrifwyr, cyfreithwyr, rheolwyr banc. Nid cranc oedd y Myrdal 'ma; roedd yn orfiliwnydd! Neu'n hytrach, roedd o wedi bod cyn tagu. A rŵan mi fyddai ei aer yn orfiliwnydd a Philip Owen Thomas ei hun, neb llai, fyddai'r cyntaf i roi ei fys arno — i'w longyfarch, wrth gwrs — ac i'w gynghori. Gyda lwc, dim ond dechrau pethau fyddai'r ugain mil!

A phrofodd ei obaith yn wir. Wrth droi tudalennau llythyr y cyfreithwyr o Toronto, darllenodd y geiriau canlynol: *'Mynnodd y diweddar Mr Myrdal i'w aer gael gwybod am ei etifeddiaeth mewn modd addas. Mae ein siec amgaeëdig i'w defnyddio er mwyn prynu'r dillad a nodir yn Atodiad Un, ac fel ad-daliad o'ch costau teithiol.'* Roedd Philip Owen Thomas wedi edrych yn hir ar y siec hudolus am bum mil o ddoleri oedd wedi syrthio o'r llythyr i'w gôl.

Ac felly, dyna lle'r oedd o, ar lan pwll mwdlyd arall ym Mhen Llŷn — y trydydd ar ddeg iddo ymweld â fo — wedi'i wisgo yn ei siwt angladd, coler wen uchel wedi'i startsio, crafat sidan llwyd, sbatiau â botymau perl, esgidiau du sgleiniog a het uchel. A phwy oedd yr aer i'r ffortiwn anhygoel yma roedd rhaid iddo'i ddarganfod? Neb llai na blydi broga!

Edrychodd o'i gwmpas yn ddrwgdybus. Mi fyddai'n destun gwawd y clwb rygbi a'r Rotari am fisoedd tasa un o'i ffrindiau'n digwydd ei weld wedi'i wisgo fel hyn yn y fath anialwch, ac am flynyddoedd tasa rhywun yn clywed be oedd rhaid iddo'i ynganu rŵan.

'A, wel, rŵan amdani,' murmurodd.

Lluchiodd ei sigarét hanner gorffenedig i'r dŵr a thynnu darn o bapur drud o'i boced. Sythodd. Sugnodd ei ddarpar-fol-cwrw i mewn. Agorodd y papur.

'Cân i gyfarch arwr y goedwig a'r pwll. Siôn Assurbanipal Myrdal ai cant,' gwaeddodd Philip Owen Thomas nerth ei ben er mwyn cyrraedd pob cwr o'r pwll — doedd dim gobaith y bysa'n ailadrodd ei neges ddwl yn y fan hyll, anghysurus yma.

> 'Henffych well i'n ffechyn ŵr
> Ach loyw lân gan achleswr
> Gweini mad o'r gwin a medd
> I Nansi ddel yn ymgeledd
> Chwaldeyrn caer y chwilod du
> Derwindal dôr i'w deulu
> Llew glew yn llywio'n gelfydd
> Aer hael i'w gael, dielfydd.'

Y fath rwts! meddyliodd, a rhuthro ymlaen: 'Os digwydd broga fod yn y fan, sy'n ei adnabod ei hun wrth y gân, ymddatguddied ef ei hun yr awr hon.' Yna, wrtho'i hun, 'Diolch byth fod hynna drosodd! Aros yma am ddeng munud ac yna'n ôl i'r car. Gobeithio wir y bydd yr hitar 'na'n gweithio. Dwi'm yn dallt yr ymwelwyr 'ma, yn heidio i Ben Llŷn am eu gwyliau haf. Haf? Hy, mae fel gaea.'

Roedd yn estyn i'w boced am sigarét arall — unrhyw beth i'w gynhesu ei hun — pan glywodd lais.

'Hê, Ffredi ydw i. Pwy wyt ti a be wyt ti isio?'

Edrychodd Philip Owen Thomas i lawr a hoeliodd ei sylw ar froga wrth ei draed. Roedd y creadur yn swatio'n llonydd ac yn edrych i fyny arno'n gwestiyngar. Tramwyai llygaid Philip Owen Thomas o'i gwmpas yn wyllt. Ai tric oedd hyn? Oedd 'na daflwr llais yn llechu'n llawn chwerthin yn y llwyni draw?

'Gwranda, 'ngwas i, oeddat ti o ddifri'n fy ngalw i, neu jyst yn malu awyr? Os felly, dos o 'ma a phaid â wastio f'amsar i. Dwi isio cysgu.'

Syllodd Philip Owen Thomas yn syn ar y broga. Oedd hi'n bosibl mai hwn *oedd* etifedd y diweddar Siôn Assurbanipal Myrdal wedi'r cyfan? Cwrcydodd yn y llaid. 'Be ddwedsoch chi oedd eich enw . . . syr?' sibrydodd.

'Ffredi! Wyt ti'n fyddar?'

'O na, na,' atebodd Philip Owen Thomas yn gyflym. 'Ond mae'n dipyn o sioc i gwrdd â broga sy'n medru siarad. Ga i ofyn ychydig o gwestiynau i chi, os gwelwch yn dda?'

'Pam?'

'Y, dwi wedi gaddo peidio deud nes i chi ateb y cwestiynau — ond mi allai fod o werth i chi, Ffredi — ga i'ch galw chi'n Ffredi, syr?'

'Dyna f'enw i,' atebodd Ffredi'n swta. Roedd yn amau mai gwallgofddyn oedd yma. Eto i gyd, doedd Ffredi erioed wedi siarad â bod dynol, yn wir, doedd neb o'i gydnabod wedi gwneud hynny ychwaith. Mi fyddai'n stori wych i'w chynnig gerbron mynychwyr bar ei gefnder, Llew'r llyffant — camp arall i arwr! 'Be ydi dy gwestiynau di, felly?' Piti nad oedd ei gyfaill wrth law i'w helpu — er ei fod yn dipyn o gachgi, roedd Gethin yn gelen beniog.

'Wel, rydach chi wedi ateb fy nghwestiwn cyntaf yn barod wrth roi'ch enw cywir . . .'

(Mi *oedd* yn lloerig! Pwy yn ei lawn bwyll fysa'n amau i rywun beidio â gwybod ei enw ei hun?)

'. . . felly, dyma'r ail gwestiwn: beth yw enw eich cefnder a beth yw ei waith? Meddyliwch dipyn, rŵan. Beth yw enw eich cefnder a beth yw ei waith?' Oedodd Philip Owen Thomas yn ddisgwylgar, yn union fel cwisfeistr penwan ar sioe fondigrybwyll EiTiFi.

Roedd Ffredi'n dod i ysbryd y darn erbyn hyn: 'Fy nghefnder i yw Llew'r llyffant ac mae'n berchen ar y dafarn leol.'

'Cywir! Rŵan am y trydydd cwestiwn: beth yw enw eich hoff gyfaill?'

'Gethin y gelen,' atebodd Ffredi'n syth.

'Cywir eto, Ffredi, ond, os ga i roi cyngor i chi, cymerwch fwy o bwyll wrth ateb yr un nesaf, wnewch chi? Ydych chi'n barod? Dyma ni 'ta, y pedwerydd cwestiwn, a'r olaf namyn un: beth a wnaethoch chi i Meilyr, y fadfall werdd?'

Mudandod llwyr. Roedd y cwestiwn wedi drysu Ffredi'n lân. Pa weithred oedd gan y dyn 'ma mewn golwg? Yr amser pan ddaru fo . . . neu'r achlysur pan . . . ? O iesgob, be oedd yr ateb?

'Hoffech chi gael cliw? Mae'r rheolau'n caniatáu i mi

roi cliw bach i chi — dim ond un cofiwch — os mynnwch chi.'

Amneidiodd Ffredi'n fud.

'O'r gorau. Gwrandewch yn astud. Mae'r ateb i'r cwestiwn yn ymwneud â rhywbeth corfforol wnaethoch chi i Meilyr. Rŵan, beth ydi'r . . .'

'O hwnna!' torrodd Ffredi ar ei draws yn llawn gorfoledd. 'Dwi'n cofio rŵan. Roeddan ni ym mar Llew a mi sefis i, yn ddamweiniol, cofia, ar gynffon Meilyr a'i thorri i ffwrdd. Mi wnaeth ei wraig wrthod gadael iddo ddod yn ôl i'r tŷ nes i'w gynffon aildyfu! Ai dyna'r ateb cywir?'

'Ie, wrth gwrs,' meddai Philip Owen Thomas yn bwysfawr. 'Pedwar cwestiwn wedi'u hateb yn gywir. Un yn unig ar ôl.' Oedodd. Yna, 'Os atebwch y cwestiwn olaf yn gywir fe gewch chi wobr — gwobr fawr, gwobr bwysig,' ac yna collodd Philip Owen Thomas reolaeth arno'i hun am eiliad, 'gwobr blydi ffantastig fyswn i'n rhoi 'y nghwd a cherrig amdani!'

'Be ydi "gwobr"?' gofynnodd Ffredi'n feddylgar. 'Ydi hi'n rhwbath sy'n gweddu i arwr?' Ac ychwanegodd braidd yn finiog, 'Rhaid cadw f'enw da mewn golwg, wst ti.'

'Peidiwch, da chi, â phoeni,' meddai Philip Owen Thomas yn bryderus. Roedd yn ymddangos bod y broga hwn yn medru ateb y cwestiynau i gyd; mi fyddai'n drychineb petai'n gwrthod ateb y cwestiwn olaf. 'Tâl yw gwobr i rywun sy'n arwr. Mi ydach chi'n dallt, yn 'dach?'

'Iawn 'ta. Be 'di'r cwestiwn olaf?'

Anadlodd Philip Owen Thomas yn ddwfn. 'Y cwestiwn olaf yw hwn: beth oedd enw'r chwilen ddu a oresgynnodd eich cartref a sut y bu farw? Ydach chi isio i mi ail-ddweud y cwestiwn?'

'Does dim angen. Victor oedd ei enw — bastad go-iawn oedd o — a chafodd ei fwyta gan neidr fraith ar ôl i mi ddifetha'i gaer a rhyddhau Nansi o'i grafangau.'

Syllai Philip Owen Thomas yn gynhyrfus ar Ffredi, fel un oedd wedi gweld yr amhosibl yn cael ei gyflawni ac yn cael ei rwygo gan anghrediniaeth a gobaith yr un pryd. Yna, gwaeddodd, 'Perffaith gywir! Chi yw'r Un!' Neidiodd ar ei draed a dechrau dawnsio. Tasgai fwd dros ei esgidiau, ei sbatiau a'i drowsus, ond doedd dim ots ganddo — byddai siec treuliau cyfreithwyr Toronto yn talu'n hael am y llanast. Ac — w! — be am yr ugain mil? Llithrodd i'w benliniau eto a gwthio ei law i gyfeiriad Ffredi. 'Chi yw'r Un!' meddai unwaith yn rhagor.

Roedd Ffredi wedi encilio rhag y traed mawr tasglyd ond rŵan symudodd tuag at y llaw estynedig. Roedd drewdod y brigyn bach gwyn arni a phlyciodd Ffredi ei drwyn i ffwrdd.

'Rŵan, pa "Un" ydw i? Be oedd diben y cwestiynau a phwy wyt ti? Be wyt ti isio gen i?' Roedd Ffredi'n colli amynedd.

'Peidiwch â chynhyrfu,' plediodd Philip Owen Thomas yn gynhyrfus ac, yn dal ar ei benliniau, dechreuodd esbonio am y llythyr o Toronto oedd wedi ei yrru i chwilio Pen Llŷn am aer Siôn Assurbanipal Myrdal. 'Roedd y cwestiynau'n brawf, chi'n gweld — pwy bynnag fyddai'n eu hateb yn gywir fyddai'n profi mai fo oedd etifedd y Myrdal 'ma. A chi yw'r Un. Mi ydach chi'n gyfoethog! Neu mi fyddwch chi pan fyddwn ni wedi argyhoeddi'r twrneiod yng Nghanada.'

13

Roedd yn amlwg oddi wrth gynnwrf llawen y bod dynol 'ma fod rhywbeth mawr ar y gweill, rhywbeth gwerthfawr y dylai Ffredi ymhyfrydu ynddo, ond yr unig ymdeimlad oedd ganddo oedd dryswch. Be oedd y Canada 'ma? Sut beth oedd bod 'yn gyfoethog'? Diawcs, mi oedd y cwestiynau hyn yn fwy anodd o bell ffordd na'r rhai oedd o wedi eu hateb! Mi fysa Gethin, wrth gwrs, yn gwybod yr atebion yn syth, ond doedd *o* byth ar gael pan oedd ei angen. Hy! Felly, gofynnodd Ffredi'n ffroenuchel, 'Sut digwyddodd y Sioni 'na fod yn gyfarwydd â fi a'm gorchestion, tybad?'

'Dwn i'm,' atebodd Philip Owen Thomas yn addfwyn, a rholiodd llygaid Ffredi'n anobeithiol yn ei ben. Ac eto, mi oedd yn amlwg fod *y stiff* wedi bod yn gyfarwydd ag o o'i gân o fawl — rhy fyr o lawer, wrth gwrs, i gyfleu'n iawn ryfeddodau campweithiau Ffredi, ond roedd y broga wedi'i adnabod ei hun ar unwaith yn y gân. 'Wel, be 'di'r cam nesaf 'ta? A, gyda llaw, be mae dy ffrindia'n d'alw di?' Heb iddo sylwi, roedd Ffredi wedi dod i benderfyniad ynglŷn â'r bod dynol.

'Y, ym,' a gwridodd Philip Owen Thomas, 'Pot, ond . . .'

'Iawn 'ta, Pot amdani. Be sy'n digwydd rŵan, Pot?'

Cododd Pot ar ei draed a dechrau camu yn ôl ac ymlaen gan gyfri pwyntiau ar ei fysedd. Roedd y cyfreithiwr ynddo yn ei ôl.

'Wel, yn gyntaf, bydd rhaid i mi gysylltu â Shrinkelstein, Shrinkel a Shrink yn Toronto i ddweud 'mod i wedi'ch darganfod. Mi fydd mwy o gwestiynau ganddynt, mae'n siŵr, a tasan ni'n eu hateb yn iawn, yna mae'n eitha sicr y bydd rhaid i ni fynd draw i Ganada.

A bydd hynny'n golygu trefniada teithio — dwi ddim yn gwbod be 'di'r rheola ynglŷn â chludo amffibiaid . . . ac wedyn, wrth gwrs, y cwestiwn o gwarantin pan ddown ni'n ôl . . .'

'Digon!' crawciodd Ffredi'n uchel i dorri ar draws synfyfyrdodau ei ffrind newydd. 'Dos o 'ma rŵan a dechrau ar yr holl waith 'na sy gen ti.'

'Fydd neb yn credu hyn,' mwmiodd Pot mewn syfrdandod wrth sylweddoli ei fod yn derbyn gorchmynion gan froga — un haerllug ar y naw hefyd! Yna cofiodd am y siec: 'Hwyl am y tro, Ffredi, syr!' A brasgamodd i ffwrdd, ei draed yn gwichian y tu mewn i'w esgidiau gwlyb a'i ben yn llawn o negeseuon fyddai'n rhaid eu gyrru drwy beiriant ffacs gwerthwr tai oedd yn digwydd bod yn gyd-aelod o glwb rygbi Pwllheli. Roedd rhaid cysylltu â'r twrneiod yng Nghanada ar unwaith. Yn ei ddychymyg roedd yn cael cawod dan raeadr o ddoleri disglair.

Roedd Ffredi, ar y llaw arall, mewn penbleth. A ddylai ruthro draw at far Llew i frolio'i brofiadau anhygoel diweddaraf, dychwelyd i gartref Nansi a dweud y cyfan wrthi hi, neu chwilio am Gethin i gael ateb i'r cwestiynau dyrys oedd yn ei boeni? Heb fedru penderfynu ar y naill gwrs na'r llall, trodd yn ôl i'w dŷ ei hun, a phum munud yn ddiweddarach roedd yn cysgu'n drwm.

II

Annwyl Fadam,

Ysgrifennaf atoch i ofyn am eich cefnogaeth i gais am drwydded deithio i gyflogydd i mi. Rwyf yn ysgrifennu hefyd at yr Ysgrifennydd Cartref ynglŷn â'r achos ond gan fod amgylchiadau'r cais yn anghyffredin (a deud y lleia, meddyliodd Philip Owen Thomas wrth ysgrifennu'r geiriau) teimlaf y byddai cael eich cefnogaeth o fudd mawr. Cafodd fy nghyflogydd wybod yn ddiweddar ei fod yn etifedd ystâd y diweddar Siôn Assurbanipal Myrdal o Toronto ac mae'r ystâd yn cynnwys diddordebau yn y diwydiannau olew, mwyngloddio, tir, yswiriant a bancio yng Nghanada.

Er mwyn derbyn ei etifeddiaeth bydd yn ofynnol i'm cyflogydd deithio i Toronto, ac am nad yw erioed wedi teithio y tu allan i'w filltir sgwâr ym Mhen Llŷn nid oes ganddo drwydded deithio. Yn ogystal, mae cyfreithiau etifeddiaeth Ontario yn gofyn i etifedd ystâd yn y dalaith honno fod yn ddinesydd cymwys o wladwriaeth.

Enw fy nghyflogydd yw Ffredi. Nid oes ganddo gyfenw. Nid oes ganddo gyfeiriad cydnabyddedig, er bod ganddo gartref parhaol. Nid oes ganddo ychwaith dystysgrif geni, trwydded yrru na rhif yswiriant gwladol. Er hynny, nid un sydd wedi encilio rhag cymdeithas mohono; yn ei gynefin mae'n cael ei barchu fel arweinydd heb ei ail.

Broga yw Ffredi.

Byddwn yn deall petaech yn meddwl mai twyll gwirion

yw hyn i gyd ond brysiaf i'ch sicrhau nad dyna ydyw. Hoffwn dynnu eich sylw at y copïau o'm gohebiaeth â Shrinkelstein, Shrinkel a Shrink, cyfreithwyr i ystâd y diweddar Mr Myrdal, lle y darganfyddwch ddiffuant-rwydd fy amcan.

Hefyd, fe welwch o'u gohebiaeth werth yr ystâd a etifeddwyd gan fy nghyflogydd. Nid oes amheuaeth gennyf y deuai buddiannau economaidd amheuthun i'r wlad hon pe llwyddai Ffredi i ennill ei etifeddiaeth.

Erfyniaf arnoch, felly, i gefnogi cais fy nghyflogydd i'r Ysgrifennydd Cartef am drwydded deithio.

Yn gywir iawn,
Philip Owen Thomas
(Cyfreithiwr a Chomisiynydd Llwon)

'Dwi'n gwbod be fyswn i'n ei neud efo llythyr fel'na taswn i'n ei dderbyn o!' meddai Gwen, gwraig Philip Owen Thomas oedd hefyd yn ysgrifenyddes yn y swyddfa fechan. Amneidiodd tuag at y bin sbwriel.

'A minna hefyd,' ochneidiodd ei gŵr.

* * *

'*Percival, have you perused this remarkable letter from an unpronounceable place in Gweined?*'

Edrychodd cynorthwywr personol y Cynorthwywr Personol i'r Ysgrifennydd Cartref i fyny o'i groesair. Roedd ei fós ar draws y coridor yn chwifio darn o bapur rhwng ei fys a'i fawd, a gwên ddirmygus, bendefigaidd ar ei wefusau. Cododd Percival o'i ddesg a symud yn esmwyth at swyddfa ei fós.

'*Oh yes, it's Phoohethley. Simkins in the Outer Office has a holiday home somewhere round there. What's so remarkable about the missive, sir?'*

'Read it, dear boy, read it!'

O fewn eiliadau iddo gymryd y llythyr o law'r Cynorthwywr Personol i'r Ysgrifennydd Cartref roedd Percival yn piffian chwerthin. Roedd hyn yn anhygoel!

'Do you think they're all barmy in the fair far west of this island?' gofynnodd.

Cododd y Cynorthwywr Personol ei ysgwyddau'n hapus braf. *'If their lawyers write such foolish stuff, imagine the mental deficiencies of the ordinary folk. By the way, before we show this letter to the H.S. — he'll so enjoy it! — you'd better check it out, make sure that this Thomas fellow is genuine.'*

'Of course, sir,' ac roedd Percival ar fin dychwelyd i'w swyddfa i ffonio Simkins yn y swyddfa allanol er mwyn ei orchymyn i archwilio bodolaeth y cyfreithiwr o Phoohethley, pan ganodd ffôn y Cynorthwywr Personol. Amneidiodd y Cynorthwywr Personol ar y teclyn.

'P.A. to the P.A. here,' meddai Percival i geg y ffôn. *'You wish to speak to the P.A., Secretary of State? Well yes, I'm sure that will be convenient,'* a throsglwyddodd y ffôn i'w fôs.

'Home Secretary's Personal Assistant,' arthodd y Cynorthwywr Personol. Yna, *'Yes, he does happen to be free at the moment,'* cyfaddefodd yn rwgnachlyd. *'What, now? Very well, Secretary of State, since you believe the matter to be so urgent. I shall inform him of your imminent arrival.'*

Cliciodd y ffôn yn ddisymwth. *'Now, what does that woman from the Welsh Office want, d'you think, Percival?'*

* * *

Adran Iechyd Anifeiliaid,
Cangen Cynhyrchiad Bwyd ac Archwiliadau,
Amaethyddiaeth Canada,
Ottawa, Ontario.

Annwyl Mr Thomas,

Mae eich llythyr, yn gofyn am ganiatâd i fewnforio eich broga anwes i Ganada, wedi cael ei ailgyfeirio o Uwch Gomisiwn Canada yn Llundain atom ni.

Er mwyn mewnforio eich broga, bydd angen trwydded fewnforio gan y swyddfa hon a thystysgrif iechyd gan filfeddyg swyddogol y Gwasanaeth Amaeth a Physgota Prydeinig. Bydd rhaid i chwi ddatgan bodolaeth y broga wrth ddod i mewn i Ganada a dangos y drwydded a'r dystysgrif y soniwyd amdanynt uchod.

Cyn i mi allu rhoi trwydded fewnforio i chwi, bydd angen datganiad oddi wrth y Gwasanaeth Amaeth a Physgota Prydeinig i'r perwyl nad yw eich broga yn perthyn i hil sydd dan fygythiad.

Ar y llaw arall, pe baech yn llwyddo i berswadio'r llywodraeth Brydeinig i roi trwydded deithio i'ch broga — yna, byddai ef, yn dechnegol, yn ddinesydd Prydeinig ac ni fyddai angen trwydded fewnforio arno na datganiad ynglŷn â'i statws fel un o hil dan fygythiad neu beidio.

Byddai tystysgrif iechyd yn dal yn ofynnol.

Yn gywir iawn,
Henri la Grenouille
(Pennaeth Mewnforion)

O.N. Nodaf i'ch llythyr gael ei ysgrifennu ar ddyddiad y lleuad lawn. Oes arwyddocâd i hyn, tybed?

★　★　★

Y Swyddfa Gymreig,
Parc Cathays,
Caerdydd.

Annwyl Mr Thomas,

Mae'n ddrwg gennyf nad oedd unrhyw un ar gael ddoe i ateb eich ymholiad ynglŷn â chael trwydded deithio i'ch cyflogydd, Ffredi. Wrth gynnig y wybodaeth ddiweddaraf, teimlais y byddai'n well o lawer i mi ysgrifennu atoch, yn hytrach na'ch ffonio, gan fod yr achos mor gymhleth ac amwys.

Bu Ysgrifennydd Gwladol Cymru mewn sawl cyfarfod gyda'r Ysgrifennydd Cartref yn ystod y bythefnos ddiwethaf, gan bwysleisio iddo bwysigrwydd dichonadwy etifeddiaeth eich cyflogydd i Gymru ac i Brydain yn gyffredinol. Mae'r Ysgrifennydd Gwladol yn derbyn cefnogaeth Canghellor y Trysorlys a Chadeirydd Bwrdd Datblygu Cymru, ond, hyd yn hyn, mae pob ymdrech wedi bod yn ofer. Er ei fod yn sylweddoli gwerth economaidd yr etifeddiaeth, ofna'r Ysgrifennydd Cartref y byddai rhoi trwydded deithio i'ch cyflogydd yn sefydlu cynsail y byddai miloedd yn debyg o gymryd mantais ohoni. Yn ei dyb ef, deuai Prydain yn gyff gwawd y byd petai perchenogion moch, caneris a phryfaid pric yn hawlio dinasyddiaeth i'w hanifeiliaid wrth ofyn am drwyddedau teithio iddynt.

Cyflwynir yr achos gan yr Ysgrifennydd Gwladol i'r Cabinet yn ystod eu cyfarfod ddydd Mercher nesaf a bydd y swyddfa hon yn cysylltu â chwi gyda'r canlyniad yn ebrwydd.

Yr eiddoch yn gywir,
Elfyn Rhidian Watts
(Cynorthwywr Personol i Ysgrifennydd Gwladol Cymru)

O.N. Gwranda Pot, paid â gobeithio gormod. Mae'r Y.G. ei hun yn credu y bydd dy gais yn cael ei wrthod, a hunan-barch Prydeinig yn ennill y dydd. A chofia, 'ngwas i, rwyt ti wedi cael y *full facts* am dy fod yn hen ffrind coleg: paid â dangos y llythyr hwn i NEB, na sôn am ei gynnwys!

Hwyl,

Elfi

'Iesgob, Gwen, sbia ar hwn!' Gwthiodd Philip Owen Thomas y llythyr cyfrinachol i gyfeiriad ei wraig cyn suddo ei ben yn ei ddwylo llydan.

'Pwy 'di'r Elfi 'ma?'

★   ★   ★

Swyddfa'r Prif Weinidog,

Bryn y Senedd,

Ottawa.

Annwyl Philip Owen Thomas,

Daeth eich ymdrech i gael trwydded deithio Brydeinig i'ch cyfaill, Ffredi'r broga, er mwyn iddo ennill ystâd y diweddar Siôn Assurbanipal Myrdal, i'n sylw yn ddiweddar. Deallwn hefyd nad yw eich ymdrech yn debyg o lwyddo. Ni ddatganaf sut y daeth y wybodaeth hon i'n meddiant, ond hoffwn gyfleu ein hedmygedd o'ch dewrder wrth herio gwrthrywogaeth eich awdurdodau.

Rydym ni yn y Blaid Radicalaidd Newydd wedi sefyll bob amser dros hawliau'r lleiafrifoedd, boed yn Inwit, hoywon o bob rhyw, Dwcoboriaid, y Quebecois, Mwniaid, Indiaid Cochion ac anifeiliaid. Wedi dod i rym gwleidyddol o'r diwedd, rydym yn benderfynol o newid sefyllfa'r lleiafrifoedd hyn, ac eraill, yn ein cymdeithas.

Felly, fel y cam hanesyddol cyntaf yn y chwyldro pwysig

21

hwn, cynigiaf ddinasyddiaeth Canada i Ffredi. Byddaf yn cysylltu â'n Huwch Gomisiynydd yn Llundain i orchymyn iddo sicrhau y bydd trwydded deithio ein gwlad ar gael i Ffredi ar fyrder pan wnewch chwi gais amdani.

Yn ogystal, mae Gweinidog y Celfyddydau wedi comisiynu cerflun o'r diweddar Mr Myrdal i anrhydeddu ei ymdrech nodweddiadol i ehangu hawliau'r lleiafrifoedd wrth ddewis broga yn etifedd iddo. Wedi ei orffen, caiff cerflun Mr Myrdal ei leoli ar Fryn y Senedd gyda delweddau arwyr eraill ein gwlad. Byddem yn ddiolchgar pe baech yn gallu dod â Ffredi i Ottawa pan ddewch chwi i Ganada er mwyn iddo eistedd i'r cerflunydd.

Edrychaf ymlaen at y fraint o gael cyfarfod Ffredi a chwithau.

Eich cyfaill yn ddiffuant,
Ron Harvey
(Prif Weinidog Canada)

'Elfi? Pot sy 'ma. Heia! Dwi wedi bod yn trio cael gafal arnat ti trwy'r bora. Gwranda, mae gen i newyddion mawr i ti . . .'

★ ★ ★

Memo to the Secretary of State for Wales:
Dear Modlen,
The intervention of the Canadian Government has rather changed things, hasn't it? In the light of the new situation, I have discussed with the P.M. once again the matter we've been wrangling over. We have come to the conclusion that it would be unwise to allow the Canadians to upstage us. Therefore it has been decided that . . .

★ ★ ★

Annwyl Philip Owen Thomas,

Ysgrifennaf atoch i'ch hysbysu o'm llwyddiant i ennill trwydded deithio i'ch cyflogydd, Ffredi. Mae'r Ysgrifennydd Cartref yn dal o'r farn na fyddai'n addas i anifail dderbyn trwydded deithio arferol y wladwriaeth hon, rhag ofn i hyn agor y llifddorau i geisiadau eraill. Felly, penderfynwyd cynnig trwydded deithio ddiplomyddol i'ch cyflogydd.

Fel perchen trwydded o'r fath, ni fydd eich cyflogydd yn rhwym i gyfyngiadau arferol ar fudo anifeiliaid, naill ai yng Nghanada nac wrth ddychwelyd i'r wlad hon. Yr unig amod y mynnwn i'ch cyflogydd ei rwymo ei hun iddo cyn derbyn ei drwydded deithio yw iddo lofnodi'r Ddeddf Cyfrinachau Swyddogol, fel pob diplomydd arall yn y wladwriaeth.

Hyderaf y byddwch chwi yn barod i dderbyn trwydded ddiplomyddol hefyd, fel cynrychiolydd cyflogedig (dros dro) y llywodraeth Brydeinig, er mwyn sicrhau llwyddiant eich cyflogydd yn yr achos tra phwysig hwn.

Bydd yn rhaid i swyddog fod yn bresennol pan fyddwch chwi a'ch cyflogydd yn llofnodi'r Ddeddf Cyfrinachau Swyddogol. A wnewch chwi, felly, gysylltu â'r swyddfa hon i drefnu amser cyfleus i'r perwyl hwn?

           *   *   *

H.M. *Customs & Excise,*
(Veterinary Division).

Dear Mr Thomas,

*Sorry for being so long in replying to your amusing
communication, but everybody in the office insisted on reading
it and making copies for their files marked 'Loopy Letters'.
We were particularly delighted by your enquiry as to the effect
on quarantine restrictions of your pet frog obtaining a British
passport!*

*It's rather late for April Fool's Day though, isn't it? Or
do you in Wales operate by a different calendar . . .?*

'Twll dy din!' gwaeddodd Pot yn llawen, ac roedd
Gwen yn chwerthin hefyd.

'Dos di a deud y newyddion da wrth Ffredi!' meddai
hi. Erbyn hyn roedd hi'n hoff o'r broga. 'Mi wna i ffonio'r
Swyddfa Gymreig i ti.'

'Diolch del,' a rhuthrodd Pot o'r swyddfa.

'Swyddfa Gymreig? Hoffwn siarad ag Elfyn Rhidian
Watts, plîs. Ydi, mae o'n disgwyl fy ngalwad.
Ysgrifenyddes Philip Owen Thomas sy yma.' Roedd rhaid
i Gwen aros am funud neu ddau cyn clywed llais cyfaill
ei gŵr. 'Gwen Thomas, gwraig Pot. Do, mi ddaru ni
dderbyn llythyr yr Ysgrifennydd Gwladol y bora 'ma.
Fydd hi'n gyfleus i'r swyddog ddod i'r swyddfa erbyn un
ar ddeg fory? Tsiampion! Gyda llaw, mae Ffredi isio mynd
â ffrind efo fo i Ganada. Bydd angen trwydded deithio
arall, ia. Gelen, ia, gelen o'r enw Gethin! Gwnawn,
peidiwch â phoeni, bydd y gelen yma hefyd i lofnodi'r
Ddeddf Cyfrinachau Swyddogol. Na, mae'n ddrwg gen

i, dydi Pot ddim i mewn ar hyn o bryd i gael gair efo chi. Mae o allan ar achos arall. Mi wna i. Hwyl fawr.'

Mewn gwirionedd, roedd gŵr Gwen yng nghlwb chwaraeon Pwllheli, yn llyncu ei drydydd peint gyda'i fêts rygbi, i ddathlu llwyddiant yr amhosibl.

III

O fewn pythefnos, eisteddai Ffredi a Pot ochr yn ochr ar awyren i Ganada, a bocs teithio Gethin o dan sedd Ffredi. Seddi dosbarth cyntaf wrth gwrs — er gwaethaf protestiadau cybyddlyd y twrnai. Roedd y newyddion am lwc dda'r broga wedi lledu ym Mhen Llŷn fel tân trwy das wair, ac roedd yr holl wahoddiadau i wledda gyda chrach y penrhyn wedi esgor ar arferion drud a hunanhyder llwyr yng nghwmni dynolryw.

'Weli di rwbath trwy'r ffenast 'na?'

Doedd y twll ddim mwy na'r llyfr tew, clawr meddal, a brynodd Gwen i Pot yn siop y maes awyr, llyfr oedd yn dal heb ei agor ar ei lin. 'Dim llawer,' atebodd, ond mewn gwirionedd roedd ei lygaid wedi'u hoelio ar siwt goch, lachar — siwt newydd Gwen oedd yn sefyll ymysg twr o bobl y tu ôl i ffenestri mawr adeilad pell y maes awyr. 'Mi ddyla hwn dy gadw di rhag misdimanars am sbelan, gobeithio,' ac yna roedd Gwen wedi'i wasgu'n dynn cyn ei wthio i ffwrdd. 'Dos rŵan — a byhafia dy hun, cofia!'

Yr union eiriau a ddaeth o wefusau Nansi y bore cynt wrth i'r car mawr ddod i hebrwng Ffredi a Gethin i Gaerdydd. Dal i rwgnach oedd Ffredi bryd hynny am fod Nansi wedi gwrthod yn llwyr fynd gydag ef. A'r un ymateb a gafodd gan ei gefnder, Llew. 'Sut fedra i adael y bar, a busnes mor dda yr haf 'ma?' oedd cwestiwn y llyffant pan ofynnodd Ffredi iddo deithio i Ganada. Ac roedd y ddau wedi meiddio'i rybuddio fo o bawb rhag dod dan ddylanwad drwg dynolryw! Hy! Yr unig beth oedd wedi codi ei galon oedd bonllefau o gymeradwyaeth y ffrindiau eraill wrth i'w harwr mawr ymadael yn y car sgleiniog.

Limo roedd y cyfreithwyr o Toronto wedi ei fynnu ar gyfer yr achlysur, er mwyn anrhydeddu etifedd Siôn Assurbanipal Myrdal, a *chauffeur* hefyd. Ond y peth tebycaf i hyn y llwyddodd Pot i'w gael oedd John Saer yn ei siwt angladd a'i hers fawr ddu Americanaidd. Ac yn lle het bigog arferol y *chauffeur*, roedd John Saer wedi prynu cap pêl-fas yn unswydd mewn siop dwristaidd yn Abersoch, i weddu i achos llai dwys na'r arferol. Ond dal i fod yn surbwch wnaeth Ffredi ar hyd y daith hir i Gaerdydd, heb ymuno o gwbl â'r pytiau achlysurol o sgyrsiau cynhyrfus rhwng John Saer, Pot a Gwen. Ac, wrth weld prysurdeb Pwllheli — a hynny ar ddiwrnod cau siopau — roedd Gethin y gelen wedi encilio i'w focs teithio ac wedi cysgu'n llonydd yr holl ffordd.

Erbyn hyn, a'r awyren yn dirgrynu, yn barod i esgyn o faes awyr y Rhws, roedd teimladau Ffredi wedi newid. Yn wahanol i Pot wrth ei ochr, a Gethin mae'n debyg oddi tano, doedd Ffredi ddim yn poeni am yr esgyniad — wedi'r cyfan, roedd *o* wedi hedfan sawl tro yn y gorffennol ac wedi mwynhau'r profiad — ond roedd yn cydymdeimlo â Pot yn ei hiraeth am ei fodan. Wrth i'r awyren ysgytio ymlaen yn nerthol, gan wneud i Ffredi lithro'n ôl ar ei sedd ac i Pot ebychu'n reddfol, daeth Nansi bell i lygaid y broga: ei llygaid euraidd yn pefrio, ei chroen sidanaidd a lletglir, ei breichiau hir cain a'i chanol deniadol. Ond am ryw reswm roedd ei chynffon hir yn chwipio'r awyr yn gynddeiriog. Daeth talpiau o chwys i'w wyneb.

'Wyt ti'n teimlo'n sâl hefyd, Ffredi?' gofynnodd Pot yn sigledig, ond yn falch o weld fod yr arwr wrth ei ochr hefyd wedi'i siglo gan yr un profiad brawychus. 'Mi stynna i dy fag chwydu i ti os lici di.' Roedd y twrnai eisoes wedi ymaflyd yn ei fag ef o'r boced yn y sedd gefn, ac roedd y peth ar agor led y pen ar ei lin, ar ben llyfr Gwen. Roedd y cybydd ynddo'n ceryddu, ''Na wastraff pres oedd bwyta cyn hedfan.'

'Y fi! Nacdw, siŵr iawn! Mae'n rhy boeth fa'ma. Gofynna am ddŵr i mi glaearu rywfaint!' gorchmynnodd Ffredi.

Daeth gweinyddes benfelen â phowlen fechan o ddŵr i Ffredi, a'i llygaid yn fawr yn ei phen, fel ag yr oeddynt pan welodd hi Pot yn dodi'r broga ar ei sedd wrth iddynt ddod i'r awyren.

'Peidiwch â phoeni,' meddai Pot, 'mae Ffredi'n hollol ddiniwed.'

'Hy!' crawciodd y broga a thasgodd y dŵr i bob man wrth iddo neidio i mewn i'w bowlen. Roedd y Pot 'ma'n ei amharchu wrth ddeud y fath beth!

'Mae'n rhaid ei fod yn werthfawr, yn cael sedd iddo fo'i hun?' cynigiodd y weinyddes, dan wenu ar Pot, ac yna edrych yn ôl ar Ffredi'n arnofio yn y bowlen.

'Dydach chi ddim yn gwbod pa mor wir ydi hynna!' atebodd Pot. Wedi goroesi braw esgyniad y 747, roedd y twrnai yn medru mwynhau parablu â dynes mor ddel. Ond ni chafodd siawns i ymhelaethu oblegid sbonciodd Ffredi allan o'r bowlen a neidiodd y weinyddes benfelen yn ôl.

'Mae rhwbath o'i le ar y dŵr 'na,' datganodd Ffredi a dechreuodd baratoi i fynd i gysgu.

'Taflwr llais proffesiynol ydach chi?' gofynnodd y weinyddes yn betrus.

'Naci, del,' gwenodd Pot arni, a'r peth olaf a glywyd gan Ffredi oedd y twrnai yn gofyn pryd y byddai'r troli diodydd yn ei gyrraedd.

Pan ddeffrôdd y broga ryw awr neu ddwy'n ddiweddarach, synhwyrodd yn syth fod rhywbeth o'i le. Wedi cropian i ymyl y sedd, edrychodd ar hyd yr eil ganol. Doedd dim coesau siapus gweinyddes yn ymlwybro ar ei hyd, dim plentyn bach yn pigo crachen gym-cnoi o'r carped neu'n hambygio ei fam; doedd dim hyd yn oed droed yn ymestyn na phen cysgwr yn lolian i'r eil. Doedd dim sŵn yn unman heblaw am sŵn peiriannau'r awyren. Yna sylwodd Ffredi fod y pared pella wedi diflannu! Yn lle'r paneli llwyd golau, leilac a glas-stratosfferig roedd ffenest fawr wedi ymddangos, a'r ochr arall i'r ffenest roedd dyn pinc a dynes frown i'w gweld yn reslo ar wely.

Sut ar y ddaear — neu yn yr awyr . . . ? meddyliodd Ffredi a throdd at Pot am esboniad. Ond nid oedd y twrnai yn edrych i gyfeiriad y drychiolaethau; roedd yn syllu'n angerddol rhwng y seddau o'i flaen ar rywbeth nad oedd o fewn cyrraedd llygaid Ffredi. Trodd y broga i edrych ar y bobl oedd yn eistedd yn y seddau ar draws yr eil iddo. Roedd eu sylw hwythau wedi'u hoelio ar yr un peth, ac roeddynt yn edrych ac yn arogli'n ofnus.

Wrth i Ffredi symud at ymyl ei sedd unwaith eto i edrych ar hyd yr eil, dyma'r weinyddes benfelen yn ymddangos yn sydyn o flaen y ffenest fawr. Roedd dyn tal yn dynn y tu ôl iddi ac un llaw am ei chanol a'r llall yn dal rhywbeth metel i'w phen. Daliai'r pâr y tu ôl i'r ffenest i reslo.

Symudodd y weinyddes a'r dyn oedd yn ei dal hi ymlaen rywfaint.

'Os symudith yr un ohonoch chi, mi fydd hi'n ei cha'l hi! 'Dach chi'n dallt?'

Nodiodd pob pen a welai Ffredi, ond ni ddaeth unrhyw sŵn ohonynt.

'Iawn 'ta. Dwi'n meddiannu'r awyren 'ma a dwi ddim isio straffig gan neb neu . . .' Anelodd y dyn y peth metel o un i un yn y seddau ' . . . BANG! BANG! BANG!'

Roedd pennau'n gwyro i lawr yn gyflym ac o rywle y tu ôl i Ffredi daeth sŵn wylo.

'Taw arni!' a pheidiodd y crio'n syth.

'Rŵan, dwi ddim yn gofyn lot, ar ôl pum mlynedd o ddiweithdra dan y blydi Toris 'na. Can mil yn unig. I'w dalu i mewn i fanc yn Zürich — *no wê* dwi'n talu treth ar f'enillion i! Peidiwch â phoeni, dwi ond isio gneud *pile* i mi fy hun fel chitha'r bygars yn trafaelio dosbarth cynta. *So* steddwch yn ddel yn 'ych sedda a mi wna i fynd i gal gair efo'r capten. Neb i symud, cofiwch.'

Ond roedd Ffredi wedi deall y sefyllfa erbyn hyn. 'Rho'r pres iddo fo, Pot!' crawciodd yn uchel.

'Pwy oedd hwnna? Cau hi — mi wnes i ddeud, do?' sgrechiodd y cipiwr a'i wyneb yn crychu. Hyrddiodd y weinyddes benfelen i lawr yr eil o'i flaen a'r gwn yn chwifio'n gynddeiriog.

'Cau dy geg, Ffredi,' sibrydodd Pot trwy ei ddannedd, 'mae'r hurtyn 'ma'n wallgo.'

'Chi! Chi 'di'r un!' Llamodd y cipiwr at seddau Pot a Ffredi. ''Dach chi'n fyddar? 'Dach chi'n ddall?' Yn araf, a chyda gwên fach, cododd gliced y gwn. Crychodd wyneb y weinyddes yn ei hofn.

'Na!' gwaeddodd Pot. Symudodd y gwn oddi wrth dalcen y benfelen i gyfeiriad Pot.

'Rho'r blydi pres iddo fo, wnei di? Dyna'r unig beth rydach chi, foda dynol, ei isio o be wela i. Mae'r ddynas 'ma wedi piso'i llond hi yn barod. Rho un o'r siecia 'na iddo fo, Pot — digon yw digon,' gorchmynnodd Ffredi.

Roedd y cipiwr wedi bod yn syllu ar hyd baril ei wn ar Pot ac roedd yn hollol sicr nad oedd gwefusau na llwnc ei darged newydd wedi symud yr un iot yn ystod y geiriau hyn. 'Be ddaru ti ddeud?' gwaeddodd yn fygythiol.

'Ti 'di'r un sy'n fyddar, mae'n debyg.' Ac yna, gyda llygaid y dyn tal yn syllu arno'n anghrediniol, dywedodd y broga'n glir, 'Mae dy frêns wedi'u sgramblo hefyd, mêt, os ti'n meddwl bod hi'n iawn i fygwth bywyd benyw er dy les dy hun. Mi wnes i gyfarfod ag un o dy siort di ychydig yn ôl; wnaeth o ddim para'n hir.'

Sgyrnygodd y dyn a gwthio'r weinyddes yn ffyrnig oddi wrtho. Doedd o erioed wedi licio ymlusgiaid llysnafeddog ac yn sicr doedd o ddim yn licio'r anghenfil o froga siaradus 'ma! Gafaelodd yn y gwn â'i ddwy law ac anelu am y creadur hyll.

'Na!' gwichiodd Pot; roedd yn gweld sacheidiau o ddoleri prydferth yn diflannu, heb sôn am boeni'n wirioneddol am Ffredi.

Ond doedd dim angen. Roedd Ffredi'n gyfarwydd ag effeithiau gynnau — hwyaid yn syrthio o'r awyr ar ôl ffrwydrad o'r ffyn metel ar ysgwyddau dynion, ac adar bach, rhai'n gelain ac eraill wedi'u hanafu yn eu llusgo'u hunain yn boenus drwy weddill eu bywydau, ar ôl cyrch bachgen bach gyda gwn awyr.

'Chei di ddim fy saethu i!' A neidiodd Ffredi'n nerthol am wep afluniaidd cipiwr yr awyren. Teimlodd wynt a chynhesrwydd y fwled yn saethu heibio iddo ac yna roedd yn chwap ar drwyn ei elyn. Gyda chic ffyrnig ei draed ôl, rhwygodd groen tyner gwefus y dyn cyn sboncio ymlaen a glanio yng ngwallt dynes gyfagos. Dechreuodd hi sgrechian fel ellyll oedd newydd weld y gyhyraeth yn dod amdano!

Y tu ôl iddo roedd yr herwgipiwr wedi codi ei ddwylo i amddiffyn ei wyneb yn rhy gyflym ac wedi taro ei drwyn â baril y gwn. Hyrddiodd Pot o'i sedd, taclo'r dyn i'r llawr a'i benio'n galed yn union rhwng ei lygaid. Ffrydiodd gwaed o dalcen, trwyn a cheg y dyn, ond nid oedd yn cwyno — roedd yn anymwybodol.

'Wêêê!' bloeddiodd Pot, gan ymwthio'i ddwrn caeëdig i'r awyr. Diolch i'r drefn am hyfforddwr rygbi oedd yn dysgu triciau chwarae budr! Yna sylwodd fod pobl yn dechrau codi o'u seddau a siarad yn gyffrous.

'Steddwch bawb, os gwelwch yn dda!' gwaeddodd yn awdurdodol. Trodd at y weinyddes benfelen oedd yn cwrcydu y tu ôl iddo. 'Dos at y capten, del, a deud be sy wedi digwydd.'

Cododd hithau a gwên addolgar ar ei hwyneb a chamodd yn sigledig dros gorff y dyn oedd eiliadau ynghynt yn bygwth ei bywyd. Plygodd i feddiannu'r gwn ar lawr yng nghanol yr eil ac yna aeth ymlaen tuag at gaban yr awyren.

Neidiodd Ffredi i lawr oddi ar ben y ddynes tra oedd Pot yn tynnu ei wregys oddi am ei ganol er mwyn clymu dwylo ei garcharor. 'Ydi o'n farw?' gofynnodd Ffredi'n ddi-hid.

'Nac ydi, gwaetha'r modd,' atebodd Pot yn yr un dôn, gan dynnu ei dei i glymu'r coesau.

'O'r argol! Gethin!' crawciodd Ffredi'n wyllt a sbonciodd i'w sedd a syllu ar dwll crwn yn y padyn.

'Be sy rŵan, Ffredi?' gofynnodd Pot yn hamddenol. Roedd yn teimlo'n dda ar ôl ei wrhydri ac yn ymfoddhau yn nhremiadau edmygus ei gyd-deithwyr.

'Y fwlad 'na!' udai'r broga'n boenus.

'Iesgob! O'n i wedi anghofio am hynny!' Cropiodd Pot i sedd Ffredi ac estyn bocs teithio Gethin yn dyner oddi tani. Roedd twll mawr yn ei glawr caled. A'i fysedd yn siglo, agorodd y bocs.

'Su' mae, g-gyfeillion? Be ddigwyddodd?'

Roedd y gelen yn swatio'n hapus yn ei focs, ei ben wedi codi mymryn o'r dŵr. Wrth ei ochr roedd talp di-siâp o fetel sgleiniog.

'Wyt ti'n iawn, Geth?' gofynnodd Ffredi'n betrus.

'Ydw, diolch. Mi g-ges i sioc pan dorrodd y p-peth 'ma i mewn a minna'n hepian — o'n i'n meddwl ma' g-gelyn oedd o — ond, a deud y g-gwir, mae wedi rhoi b-blas dymunol iawn i'r dŵr. Mae o braidd yn g-gynnas ond, na, dydi o ddim wedi amharu arna i o g-gwbl.'

'Diolch i'r drefn,' murmurodd Ffredi a Pot mewn corws. Ond doedd y pennau oedd yn eu hamgylchynu erbyn hyn yn dweud dim. Roeddynt yn syllu'n syn ar y gelen werdd hyll, a'r streipiau browngoch ar hyd ei chefn, yn y bocs, ac yna'n edrych ar y broga, ac wedyn ar y dyn oedd wedi achub eu bywydau. Roeddynt wedi drysu'n lân: pa fath o arwr oedd hwn oedd yn poeni cymaint am anifeiliaid anwes mor annymunol ac oedd yn honni bod y creaduriaid hyn yn medru siarad? Roedd yn taflu ei lais, siŵr iawn, ond pam? Oedd o'n lloerig, neu rywbeth?

Torrwyd ar eu meddyliau annifyr gan ymddangosiad capten yr awyren. Ymwthiodd heibio i'r teithwyr, edrychodd i lawr ar y cipiwr aflwyddiannus i sicrhau bod y bastad yn ddiogel ac yna trodd at y sedd lle penliniai Pot o flaen Ffredi a Gethin.

'Fo ydi'r un!' meddai'r weinyddes benfelen wrth ysgwydd y capten. 'Fo ddaru'n hachub ni!'

Cododd Pot ar ei draed ac estynnodd y capten ei law iddo. 'Llongyfarchiadau a diolch o galon,' meddai'n wresog. A'r capten yn eu harwain, dechreuodd y cylch o deithwyr guro dwylo, taro cefn y twrnai dewr a'i foli'n hael, eu hamheuon wedi darfod yn llwyr.

'Ydi'ch ffrindia bach yn iawn?' gofynnodd y capten yn chwareus.

'Ydan,' crawciodd Ffredi'n swta. Doedd o ddim yn hapus i weld bod Pot yn derbyn yr holl glod am ddarostwng y bygythiwr.

Anwybyddodd y capten ei lais. Pa ots bod yr arwr 'ma'n smaliwr ecsentrig hefyd? 'Amsar addas i gracio'r siampên ddwedwn i, Angela,' awgrymodd yn hynaws i'r weinyddes.

Gwridodd hithau a sibrwd rhywbeth yng nghlust y capten. Cilwenodd: 'O'r gora, gwna hynny'n gynta.' Diflannodd y weinyddes tua chefn rhan dosbarth cyntaf yr awyren. 'Mi ddaw'r siampên mewn munud,' datganodd y capten. Yna amneidiodd ar Pot. Plygodd y ddau i ymafael yn y dyn yn yr eil oedd yn griddfan wrth ddadebru.

Deng munud yn ddiweddarach ac roedd Pot a Ffredi'n gwledda ar *escargots* a siampên. Roedd y siampên wedi cyrraedd yn gyntaf — potel gyfan mewn bwced o rew i'r arwyr — ac roedd Ffredi'n falch o glywed bod Angela wedi newid ei nicars. Ar ôl i'r malwod gyrraedd nid oedd y broga'n arogli dim ond gwynt y garlleg hudol wrth iddo ymwthio i'r cregyn am y cig iraidd. Ac wedi porthi'n dda, neidiodd i mewn i lasiad o'r siampên i ymdrochi'n hamddenol. Roedd effaith yr alcohol a'r byrlymau carbon diocsid yn ei daro'n gyflym a'r peth olaf a welodd oedd y weinyddes benfelen yn dod heibio gan roi gwên fel giât fferm ar Pot. 'Caiff y glew ei wobr,' meddai'n gysglyd wrth ei dwrnai.

Anodd oedd penderfynu ai'r siampên, chwithigrwydd neu obaith oedd yn achosi i Pot wrido. 'Paid â malu cachu!' hysiodd yn sarrug, ond roedd y broga'n huno erbyn hyn ac yn breuddwydio am Nansi a'i gwên hithau.

35

IV

Pot oedd yr un oedd yn gwenu drannoeth. Lledaenwyd olion brecwast swmpus ar fwrdd o'i flaen ac roedd yn edrych yn eiddgar ar dudalen flaen y *Toronto Globe and Mail*. Treiglai diferyn o driog melyn y fasarnen i lawr ei ên heb iddo sylwi.

'Hê!' gwaeddodd yn hapus. 'Tyrd i weld be mae'r papur yn 'i ddeud am ein hantur ddoe!'

Tawodd llais benywaidd a ganai yn y pellter a chlywodd Ffredi sŵn esgidiau sodlau uchel yn dynesu. Teimlai Ffredi bob clec o'r sodlau wrth iddo fflotian mewn bwced o ddŵr ar y llawr pren moethus. O, roedd ei ben yn brifo! Edrychai i fyny am eiliad a gweld y benfelen yn taranu heibio i ochrau serth, gor-ariannaidd y bwced. Trywanwyd ef i'w berfeddion gan dwrw chwerthin Angela.

'W, mi ydan ni'n enwog!' gwaeddodd, a dechreuodd ddarllen o'r papur:

'*CYFREITHIWR YN COLBIO CIPIWR AWYREN*
Ddoe ataliwyd cais i gipio awyren 747 Wardair dros Fôr Iwerydd gan gyfreithiwr dewr o Loegr. Roedd Philip Owen Thomas yn teithio i Toronto ar fusnes pan ddechreuodd yr ymgais beryglus. "Y tro cyntaf i mi sylwi fod rhywbeth o'i le oedd pan ymddangosodd dyn â gwn, yn bygwth saethu gweinyddes yr awyren os nad oedd o'n cael pres," datgelodd Mr Thomas. A dywedodd Angela Dzherzinski, y weinyddes benfelen, siapus sy'n hanu o Mississauga, "O'n i'n poeni'n

*arw am fy mywyd! Ond mewn gwirionedd doedd dim byd
i boeni amdano gydag arwr mor ffantastig â Mr Thomas yn
bresennol. Roedd wedi cael y gorau ar y cipiwr o fewn dim.
Oes modd y galla i ddiolch yn ddigonol iddo am achub fy
mywyd?"* '

Daeth sŵn cilchwerthin ar y geiriau hyn, ac roedd
Ffredi'n medru dychmygu'r wên smyg ar wyneb Pot.

*'Saethwyd gwn unwaith yn ystod ymosodiad Mr Thomas
ar y cipiwr ond nid anafwyd neb.*

*'Mae'r cipiwr, sydd heb ei enwi eto gan yr heddlu, yn y
ddalfa erbyn hyn. Y sôn yw y bydd yn cael archwiliad
seiciatryddol heddiw.'*

'Hê, be amdana i?' crawciodd Ffredi nerth ei ben gan
edifarhau yr un munud.

Ebychodd Angela'n anweddus ac yna, 'Sut ddiawl wyt
ti'n gneud hynna? Dyn myrdd o dalenta, ia wir,'
cellweiriai.

Chwarddodd Pot a dod draw i nôl Ffredi. Wedi
cyrraedd y bwrdd, cwrcydai'r broga'n llaith ar ymyl y
papur newydd a syllu ar y marciau duon. Roedd y
llythrennau'n rhy fawr iddo wneud synnwyr ohonynt.

'Rhaid i mi fynd, Phil. Dwi'n hedfan i Vancouver
p'nawn 'ma. Ga i dy ffonio pan ddown ni'n ôl?'

'Cei, siŵr iawn.'

Sŵn cusan, traed yn cilio, drws yn agor ac, ar ôl
seibiant, yn cau drachefn. Sŵn traed Pot yn dychwelyd.

Ond nid oedd Ffredi wedi bod yn cymryd sylw o'r
pethau hyn. Roedd smotiau du a gwyn y llun yn y papur
yn dechrau ffurfio delwedd y gellid ei hadnabod. 'Be
amdana i?' crawciai'n uchel unwaith yn rhagor, a'r tro
hwn roedd natur ei boen yn wahanol. Roedd y llun yn

dangos Pot yn gwenu'n llydan ac yn codi'i ddau ddwrn yn fuddugoliaethus i'r awyr fel pe bai'n dod o faes y gad ar ôl sgorio'r cais oedd wedi ennill y gêm. Y tu ôl iddo roedd rhith Angela Dzherzinski yn gwenu hefyd.

Edrychai Pot yn ansicr ar y llun gyda Ffredi. 'Be sy'n bod?'

'Lle ydw i yn y llun 'ma?' gofynnodd y broga'n herfeiddiol. 'Fi ddaru ymosod ar y dyn 'na'n gynta, a chditha'n eistedd yn llipa yn dy sedd!'

Ymestynnodd Philip Owen Thomas fys at y llun a phwyntio at lwmpyn di-siâp yn ymwthio o'i ddwrn de. 'Dyma chdi,' esboniodd yn ddistaw, 'a dyma Gethin hefyd.' Roedd streipen aneglur yn hongian yn llac dros fawd ei law chwith. 'Roeddach chi'ch dau'n cysgu'n drwm wrth i ni gyrraedd y maes awyr a roedd hi'n amhosib' eich deffro. Ond mi wnes i 'ngora drosot ti, wir yr.' Pwyntiodd unwaith eto at y chwydd oedd yn cynrychioli yr arwr amffibaidd.

'Paid ti â ti-o fi!' rhuodd y broga. 'Be mae o'n 'i ddeud amdana i yn y stori?'

Mewn gwirionedd, roedd y newyddiadurwr wedi sôn sut roedd Pot wedi lluchio tegan rwber i wyneb y cipiwr cyn ymosod arno, ond a allai feiddio datgelu'r honiad hwnnw? 'Dim,' atebodd yn ymddiheuriol.

''Rargol!' Dechreuodd Ffredi sboncio o le i le ar y bwrdd yn ei gynddaredd. Yna, fflachiodd syniad dialgar i'w feddwl: 'Gobcithio na fydd y llun 'na yn ymddangos ym mhapura Cymru — er mae'n siŵr o neud. Fydd dy wraig ddim yn hapus i weld honna wrth d'ysgwydd. Dynas ddeallus ydi Gwen, yntê? Mi fydd *hi*'n gwbod be 'di dau a dau.' Edrychai'n fodlon ar wyneb Pot yn gwelwi.

Roedd tafod y twrnai, wrth basio dros ei wefusau'n betrus, wedi darganfod olion triog melys y fasarnen ac yn ei lyfu'n ddiarwybod.

'Ia, llyfa dy wefla, y gwirionyn; mi wyt ti'n driblan fel tarw ifanc ar ôl stancio'i heffar gynta!' Ac wedi poeri ei wenwyn, newidiodd Ffredi ei oslef: 'Be ydi'r lle 'ma? Tyrd, dangosa i mi, Pot.'

Ag ochenaid o ryddhad, gafaelodd Pot yn ei gyfaill pigog a'i dywys o gwmpas eu preswylfa dros dro. Roedd Shrinklestein, Shrinkel a Shrink wedi'u bwcio i mewn i'r ystafelloedd gorau yng ngwesty Westbury ar Yonge Street. Roeddynt yn y penty: dwy lofft fawr ac ystafell molchi ynghlwm wrthynt, ac ystafell anferth arall ar ddwy lefel, yr uchaf yn lolfa foethus a'r isaf yn lle bwyta crand. Sbonciai Ffredi yn hapus ar hyd y lloriau pren sgleiniog ond roedd yn gas ganddo'r carpedi dwfn, blewog dros bob man. 'Lle bendigedig, yntê Ffredi?' meddai Pot yn frwdfrydig wedi iddynt orffen eu harchwiliad. Ynddo'i hun, meddyliai fel y byddai Gwen wedi gwirioni.

'Wel . . .' dechreuodd Ffredi'n ystyriol ' . . . mae'n siŵr ei fod yn siwtio pobol i'r dim, ond does dim lle i mi nofio, a . . .'

'Ond be am un o'r baddonau 'ma? Mi alla i ddefnyddio un ac mi gei di a Gethin y llall.'

'O, mi fysa bath yn gneud y tro i Geth — dim ots ganddo fo aros yn y dŵr trwy gydol yr amser — ond mi ydw i angen medru symud yn rhwydd o ddŵr i dir ac yn ôl. A does dim digon o blanhigion yma chwaith.'

Roedd o wedi cymryd cip ar y potiau mawr clai a'u cynnwys roedd Pot yn chwifio'i law tuag atynt o gwmpas yr ystafelloedd, ond doedd y rheini ddim yn cyfri yn nhyb y broga — planhigion mawr, artiffisial eu golwg oeddynt, ac eraill yn llawn o ddail fel darnau o fetel disglair, gwyrdd-tywyll. Yr hyn roedd ei angen ar Ffredi oedd llysdyfiant cyfarwydd, yn llawn trychfilod — a doedd o ddim wedi sylwi ar un o'r rhain eto! Teimlai'n ddigalon braidd.

'A be sy 'na i mi 'i fwyta? Mi wyt *ti* wedi cael dy frecwast, wrth gwrs, ond be amdana i?' gorffennodd yn anhapus. Roedd hiraethu am fod adref yn codi awch bach trist am bry glas i'w gras-gnoi.

'Does dim rhaid i ti boeni, Ffredi,' chwarddodd Pot. 'Mi wyt ti'n gyfoethog, cofia. Mi elli di newid y lle 'ma fel y mynni. Mi fydd dy bres yn prynu gwyrthia, wst ti. Does ond rhaid i ti ddeud be wyt ti isio ac mi cei o — mi fydd y byd ar gael i ti!'

Roedd brwdfrydedd Pot yn sionci'r broga. Edrychodd yn graff ar Pot a gofyn, 'Pryd awn ni i gyfarfod â'r twrneiod?'

V

Roedd Toronto'n storom o liwiau amrwd, dryslyd i lygaid Ffredi wrth i Gethin, Pot ac yntau gael eu cludo mewn *limo* du, sgleiniog i gwrdd â Shrinkelstein, Shrinkel a Shrink. Hysiai'r asffalt meddal dan y teiars fel nyth nadroedd, a fflachiai myrdd o arwyddion siopau'n wyrdd-asid, glas-drydan a choch iasboeth. Cyflymai'r car heibio'r pibellau dŵr melyn ar gornel pob stryd, heibio i'r polion rhydlyd a'u harwyddion coch, annarllenadwy, a'r cysgodlenni fermiliwn a thwrcwas oedd yn llipa yn yr awyr fwll, boeth. Roedd ffrydlif y lliwiau toreithiog yn cael ei bylu a'i ddwysáu bob yn ail wrth i'r car hyrddio o olau llachar yr haul i gysgodion tywyll adeiladau tal. Ac uwchben, roedd nen lasach na'r un a welsai Ffredi erioed ym Mhen Llŷn.

Yna, sylwodd ar rywbeth a ataliodd guriad ei galon am ennyd. 'Mynyddoedd!' crawciodd yn wyllt.

Ond y fath fynyddoedd! Roeddynt i gyd i'w gweld yn uwch na Garn Fadrun ger ei gartref ac yn ymledu'n annaturiol o serth ac amryliw i'r wybren, heb ddim ond bylchau cul rhyngddynt. Edrychent i Ffredi yn debyg i bryfed genwair anferth yn ymgasglu i fridio ac yn gorwedd yn syth gyferbyn â'i gilydd cyn cyplysu. Crynai wrth edrych ar yr angenfilod hyn.

'Twt lol,' meddai Gethin o'i focs teithio agored ar lin Pot. 'Mae tirwedd Toronto yn hollol wastad, a hynny ers

yr Oes Iâ ddiwetha, miloedd o flynyddoedd yn ôl, o b-
be ydw i'n g-gofio.'

'Meddwl dy fod ti'n glyfar, yn dwyt? Wel, sbia drosta
dy hun, y lembo!'

Doedd Ffredi ddim yn hoff o wên Pot wrth i focs
Gethin gael ei godi i'r gelen gael gweld dros gefn y seddau
blaen. Anelodd Gethin ei ddeg llygad at 'y mynyddoedd'.
Ar ôl cipolwg cyflym, datganodd yn foel, 'S-sgeisgrepyrs
ydan nhw.'

'Da iawn, Gethin!' broliodd Pot. 'Ond dwn i ar y
ddaear sut nabyddist ti nhw.'

Pwdodd Ffredi. Doedd o *ddim* yn mynd i ofyn am
esboniad! Felly cafodd ei syfrdanu pan arhosodd y car
du yn sydyn o flaen un o'r 'sgeisgrepyrs' a Pot yn datgan
eu bod wedi cyrraedd. Fe'u llyncwyd i grombil yr
anghenfil pygddu ac mewn ychydig roeddynt yn saethu
i fyny mewn lifft, fel chwŷd yn cael ei wasgu'n wyllt o'r
stumog.

'Croeso i Ganada, Mr Thomas. Rydan ni wedi bod yn
edrych ymlaen at eich cyfarfod, yn arbennig ar ôl y stori
liwgar yn y papur y bore 'ma.'

'Mi wnaethoch chi sicrhau bod eich dyfodiad yn tynnu
sylw'r wasg, yn do?'

'Ydach chi a'ch cyflogydd yn hollol iawn ar ôl eich taith
gynhyrfus?'

Roedd tri dyn wedi codi o'u seddau y tu ôl i fwrdd hir,
du. Roedd eu hwynebau'n aneglur oherwydd y golau cryf
o'r ffenest fawr y tu ôl iddynt, ond gallai Pot weld y tair
llaw lwydaidd yn ymwthio i'w gyfeiriad o'u siwtiau tywyll.
Dwylo crafangog — roedd fel ysgwyd llaw â thri fwltur,

meddyliodd, ac, wrth i'w hwynebau ddod yn glir, sylwai fod yr un hynaf yn edrych fel fwltur hefyd, gyda chroen crychlyd yn hongian yn llipa o'i ên a'i wddf, a llygaid cycyllog o boptu'i drwyn pigfain. Roedd y ddau arall yn llenwi eu crwyn yn well ond roedd ganddynt yr un llygaid marwaidd. 'Dwi'n falch o'ch cwrdd,' meddai'n ffuantus.

'Eisteddwch,' ymatebodd yr hen Shrinkelstein, gan bwyntio at gadair ledr ddu o flaen y bwrdd hir. 'Ydach chi wedi dod â'ch cyflogydd gyda chi?'

'Fi yw Ffredi,' a sbonciodd y broga o boced-frest ei dwrnai i'r bwrdd. Glaniodd mewn blwch llwch glân. 'Ia, mi wnaiff hwn y tro,' meddai ar ôl archwilio'r blwch yn fanwl. 'Cyflenwad o ddŵr, plîs,' gorchmynnodd, ac yna, wrth Pot, 'Mae trafaelio yn dy bocad yn anghyfforddus o sych, weldi. Mi fydd angan gwell trefniant na hyn.'

Roedd y Shrink ifanc wedi codi ar amnaid ei daid, Shrinkelstein, i nôl y dŵr, ond sylwai Pot nad oedd ef, yn fwy na'r lleill, wedi'i gynhyrfu gan ymddangosiad Ffredi.

'Croeso i Ganada, Ffredi,' meddai Shrinkel yn esmwyth, 'a llongyfarchiadau ar eich lwc dda. Roedd y diweddar Mr Myrdal yn edmygydd mawr ohonoch chi ac rwy'n siŵr eich bod yn llawn haeddu'ch etifeddiaeth.'

Wrth edrych ar ei gyflogydd, sylwai Pot fod Ffredi'n ymlacio wrth ymhyfrydu yng ngeiriau gwenieithus Shrinkel, ond teimlai ef braidd yn annifyr. Pam nad oedd y dynion 'ma'n cynhyrfu wrth gwrdd â broga oedd yn medru siarad? Roedd yn hollol amlwg o'r ffordd yr hoeliwyd eu sylw ar Ffredi nad oeddynt yn credu, fel Angela a phawb arall ar yr awyren ddoe, mai pyped iddo fo'r taflwr llais, oedd ei gyflogydd. Roedd eu hymateb yn annaturiol; roedd rhywbeth o'i le arnynt.

Teimlai bwysau llygaid Shrinkelstein arno: 'Peidiwch â phoeni cymaint, Mr Thomas. Rydan ni wedi gweld popeth yn y swyddfa hon. Treiswyr, darnguddwyr, llofruddwyr plant, hen wragedd sy'n gadael eu pres i'w hanifeiliaid anwes — mi gofiaf i un adael ei ffortiwn i epa yn y sw acw.'

'Do,' chwarddodd Shrink wrth lenwi blwch llwch Ffredi â dŵr. 'Mi fuo fo farw o fewn mis, o syrffed bananas! A daeth y cwbl i . . .' Tawodd ar edrychiad llym gan ei dad oedd fel chwistrelliad taflwr fflamau.

'Dyn braidd yn ecsentrig oedd Mr Myrdal erbyn diwedd ei oes, os ydach chi'n dallt, Mr Thomas. Ond pwy ydan ni i wrthod ffioedd hael?' Gwenai'r hen ddyn crychlyd ar Philip Owen Thomas, un cyfreithiwr yn rhannu jôc broffesiynol â chydymaith deallus.

Pob un a gâr lle ceir arian, meddyliodd Pot wrth wenu yn ôl. Erbyn hyn roedd yn gwybod i'r dim yr hyn oedd gan y rhain dan glust eu cap. Byddai'n rhaid cadw llygad barcud arnynt! Pwy fyddai'n etifeddu ystâd yr hen Siôn Assurbanipal petai Ffredi'n dioddef 'syrffed' tybed? Edrychodd ar y broga'n cwrcydu yn nŵr y blwch llwch, ond roedd ei gyflogydd i'w weld yn ddigon cyfforddus. Na, byddai 'anffawd' yn swyddfeydd y twrneiod cyfrwys yn rhy amlwg o amheus, meddyliodd, cyn ymlacio.

'Wnewch chi gau'r llenni, os gwelwch yn dda?' gofynnodd Shrinkelstein i Shrinkel ac wrth i wyll ymledu drwy'r ystafell, dechreuodd esbonio, 'Roedd y diweddar Mr Myrdal wedi paratoi tâp fideo i chi, Ffredi.' Gwthiodd becyn hirsgwar tuag at Pot a rhoes olau ar lamp. 'Mi welwch chi, Mr Thomas, fod y seliau heb eu torri?'

'Popeth yn iawn,' meddai Pot ar ôl archwiliad bras. Roedd y seliau'n gyflawn ond roedd yn amhosibl dweud a oedd y pecyn wedi'i agor cynt ac wedi cael ei ailselio wedyn. 'Wyt ti'n fodlon, Ffredi?'

'Tyrd yn dy flaen!' atebodd y broga'n ddiamynedd.

'Dw inna isio g-gweld y tâp,' meddai Gethin o'i focs teithio.

Edrychai'r tri chyfreithiwr yr ochr arall i'r bwrdd yn betrus ar ei gilydd. 'Peidiwch â phoeni cymaint,' meddai Pot, yn adleisio geiriau Shrinkelstein ac yn ymfalchïo wrth sylwi eu bod nhw'n cael eu cynhyrfu o'r diwedd. 'Roedd Ffredi isio dod â chyfaill efo fo.' Cododd ef Gethin o'r bocs a'i roi i arnofio ochr yn ochr â'r broga.

'Mae'n dda g-gen i g-gyfarfod â chi,' meddai Gethin yn syml.

'Dowch yn eich blaen!' crawciodd Ffredi.

Ar amrantiad ymddangosodd ffenest gyferbyn â'r bwrdd, yn debyg i'r un ar yr awyren ond yn llai, a throdd pawb i'w gwylio. Eisteddai hen ddyn gwywedig mewn cadair olwyn, ei fysedd yn plycio'r blanced oedd yn gwrlid i'w lin, a'i lygaid yn pefrio'n fywiog.

'Hei, Ffredi, f'etifedd. Croeso i Ganada a chroeso i fy ymerodraeth! Mae'n ddrwg gen i nad ydw i ddim yn codi i'ch croesawu ond mae'r hen goesa 'ma'n ddiffrwyth. Ond nid felly f'ymennydd, na'n wir!'

Pwniodd Gethin ei gyfaill â'i ben: 'Mi ydw i'n nabod yr hen foi 'na,' sibrydodd. 'Mi ddoth at y p-pwll ryw dair b-blynedd yn ôl, a mi wnes i ei frathu o . . .'

'Taw, wnei di?'

'Dydw i erioed wedi cwrdd â chi, wrth gwrs,' daliai'r

hen ddyn i siarad, 'ond rydw i wedi ymweld â'ch cartra ym Mhen Llŷn, credwch neu beidio. A rywsut neu'i gilydd — dydw i ddim yn gwybod sut a deud y gwir — rydw i'n gyfarwydd â'ch dyfeisgarwch a'ch gwrhydri chi. Hyd yn oed rŵan mae'r hen galon 'ma'n cyflymu wrth feddwl am eich rhyfela yn erbyn y brenin Victor a'i fyddin o chwilod duon. Dyna oedd buddugoliaeth! Mae dynolryw yn brolio campau Iwl Cesar, Genghis Khan a Napoleon ond does yr un ohonynt i'w gymharu â chi!'

Dechreuodd Siôn Assurbanipal Myrdal besychu yn ei gynnwrf. Cilchwarddai'r dynion wrth ochr y bwrdd hir, du, a tharo ochr eu talcennau'n ddeallus â'u bysedd.

Trodd Ffredi at Gethin: 'Dwed, wnei di, sut mae o'n gwbod amdana i?'

'Roedd ei waed yn sur ei flas ac mi chwydais i o'n ôl i mewn iddo fo. Ella b-bod . . .'

Torrodd Ffredi ar ei draws. 'Felly d'atgofion di sy ganddo fo!' Daeth ton o hunanfoddhad dros Ffredi; mor braf oedd sylwi fel roedd eraill yn ei werthfawrogi. 'Cyfaill da wyt ti,' meddai'n hapus.

'Rŵan, Ffredi,' meddai Siôn Assurbanipal Myrdal o'r teledu mewn llais crynedig, 'byddwn yn falch pe tasach chi'n fy ngalw i'n Sam o hyn ymlaen — fel ffrind — a diswyddwch unrhyw un sy'n meiddio gwneud yr un fath yn eich clyw! Dim ond gweithwyr i mi ydi pawb arall — na, i chi erbyn i chi weld y tâp yma. Chi yw f'unig ffrind, cofiwch.'

Meddyliodd Ffredi am ei holl gyfeillion yn ôl yn y pwll a theimlai biti dros yr hen ddyn. 'Mi gofia i,' crawciodd yn uchel.

'Rydw i'n gobeithio y byddwch yn mwynhau'ch

Llofnodwch yma

cyfoeth, Ffredi. Mae llawer o bethau yn y byd 'ma i'w gweld a'u blasu a bydd y pres yn agor pob drws i chi. Ro'n i'n rhy brysur yn hel arian trwy fy mywyd i fwynhau ei fanteision yn aml, ond hoffwn i chi wneud i fyny am fy ngholled. Mae digon o sbonc ynoch chi i wneud hynny,' gwenodd yr hen ddyn. Yna newidiodd ei dôn. 'Ond cofiwch, mae 'na ddigon o bobl fydd yn barod i'ch twyllo os cânt y cyfle . . .'

(A mi dwi'n nabod tri ohonyn nhw, meddyliai Pot yn smyg.

Dim gobaith mul! meddyliai Ffredi.)

' . . . a daw cyfleoedd, miloedd ohonynt, os na fyddwch yn wyliadwrus. Gall hyd yn oed y rhai sy'n agos atoch droi yn eich erbyn.' Oedodd yr hen ddyn a syllu'n llym o'r sgrin. Teimlai Pot wrid yn codi i'w wyneb a diolchodd i'r drefn am dywyllwch yr ystafell. Cilchwarddai'r tri chyfreithiwr ymysg ei gilydd yn nawddoglyd.

'Felly, fel mae'n dweud yn *Hamlet*,

   Na fenthyca, na rhoddi benthyg chwaith

   Rhag colli eich cyfaill a'ch pres wrth wneud . .

Ffarwél, Ffredi; fy mendith arnoch chi, ffrind.'

Diflannodd llun y diweddar Siôn Assurbanipal Myrdal a daeth llif o linellau du a gwyn carbwl yn ei le. 'Dipyn o gellweiriwr, yr hen Myrdal!' chwarddodd y Shrink ifanc wrth agor y llenni a dallu pawb oedd yn wynebu'r ffenest.

'Ia, wir,' atebodd Ffredi. Roedd wedi gweld yr Hamlet 'na ar ddesg yn swyddfa Pot — esgyrn brown mewn bocs bach melyn, dyna i gyd oedd Hamlet — ac mi oedd yn berffaith sicr na allai'r esgyrn drewllyd ddweud dim. 'Fydd neb yn 'y nhwyllo i!'

Gwenai'r tri dyn-fwltur arno'n siriol.

'Na,' meddai Shrinkelstein, 'yr unig beth sydd eisiau i chi boeni amdano yw sut i wario'ch pres! Rŵan, Mr Thomas, rydan ni wedi trefnu cyfrif banc i Ffredi gyda miliwn o ddoleri ynddo — tamed i aros pryd, fel petai. Does ond angen eich llofnod ar y ddogfen hon a bydd y pres ar gael pryd mynnwch chi. Chi fydd codwr swyddogol y pres, wrth gwrs.'

Tro Pot oedd hi i fod yn wrthrych gwenau Shrinkelstein, Shrinkel a Shrink, ac wrth iddo astudio'r papur yn fanwl cyn mentro torri ei enw arno, roedd teimladau Pot yn drobwll gwyllt. Miliwn o ddoleri! meddai'r gwenau cyfrwys wrtho. I chi! Roedd y demtasiwn i sbonc-ddawnsio'n orfoleddus o gwmpas y swyddfa'n gryf. Jyst meddylia — doleri'n disgyn fel cawod o gonffeti, fel rhaeadr euraidd, fel . . . ! Ond be am Ffredi? Be am ei ddyletswydd i'w gyflogydd? Roedd yr abwyd ar fachyn y twrneiod 'ma'n ddeniadol uffernol a'r ysfa i'w lyncu'n nerthol. O Mam fach! O Gwen! Be wna i?

Llofnododd y ddogfen a'i gwthio ar draws y bwrdd.

'Busnas ar ben am heddiw, felly,' datganodd Ffredi. 'Mae'n amsar i ni ymweld â'r ddinas 'ma — a gwario rhan o'm miliynau!'

VI

Eisteddai Pot yn lolfa'r penty yn ysgrifennu llythyr arall adre. Dan ymosodiad haul De Ontario roedd ei wyneb pinc arferol wedi brychu drosto nes peri iddo edrych fel llun gan Seurat.

'Annwyl Gwen,

Sut wyt ti a phawb arall ym Mhen Llŷn? Dwi'n dy golli di'n arw, yma yn holl brysurdeb "Tyrona", fel mae pobl y ddinas yn ei galw hi. Tasat ti yma, mi fysat yn cadw'r ddysgl yn wastad fel petai, ond dwi'n teimlo'n reit annifyr. Dal i ddioddef effeithiau hedfan ac aflonyddwch fy nghloc-corff ydw i yn ôl Shrink ond, wir i ti, dwi'n meddwl mai diodda gormodedd popeth yn y ddinas anhygoel 'ma ydw i. Gyda llaw, fyswn i ddim yn coelio unrhyw beth a ddywedir gan y twrneiod 'ma — hyd yn oed taswn i'n ffendio 'mod i'n cytuno efo nhw mi fyswn yn newid fy meddwl yn syth! Dynion cyfrwys, na fedri di ymddiried dim ynddyn nhw ydan nhw. Dydi Ffredi, ar y llaw arall, yn gweld dim bai arnyn nhw ac mae o'n ei fwynhau'i hun yn fawr, fel plentyn bach mewn siop deganau heb ffrwyn ar ei allu i brynu.

Echdoe aethom i ben Twr C.N., mil wyth cant a phymtheg o droedfeddi ohono! Roedd ciw hir yn aros i fynd i fyny i'r arsyllfa ond doedd Ffredi ni ddim am fod yn un o hwnnw ac aeth ei bres o heibio i bob sefylliwr ac i fyny i'r top ar ei union.

Roedd yr olygfa o'r arsyllfa yn ffantastig. Yn bell i'r de dros Lyn Ontario, gallem weld yr Unol Daleithiau, a smotiau gwyn hwyliau cychod yn symud yn hamddenol ar y dyfroedd. Roedd fel edrych ar ddefaid yn crwydro ac yn pori islaw copa Garn Fadrun — wyt ti'n cofio mynd i fyny yno yr haf diwethaf a'r copa'n un haid o forgrug hedfan? Mwy rhyfeddol oedd edrych i lawr — ia, i lawr! — ar y sgeisgrepyrs anferth sy'n hawlio canol y ddinas. Mae llawer ohonyn nhw'n ddu fel y fagddu, y ffenestri a'r cwbl, rhai eraill yn galch-wyn, ac un, yn union odanon ni, yn wyrdd fel y môr. Roedd ambell un efo lle i hofrenydd lanio ar ei do, ac un efo trac rhedeg! Roedd pedwar person, gweithwyr swyddfa mae'n debyg, yn cropian fel pryfaid bach eiddil o gwmpas hwnnw. Ac yng ngwaelod ceunentydd yr adeiladau roedd llif o lorïau, bysiau a cheir yn symud fel chwilod amryliw, araf. Er, rhith uchder oedd yr arafwch, cofia; mae traffig Toronto yn enwog am ei chwimdra!

Roedd rhaid i Ffredi ei ddangos ei hun, wrth gwrs. Ro'n i wedi ei roi i eistedd ar y rheilen oedd yn cadw pobl rhag disgyn, er mwyn iddo weld popeth. Ond doedd hynny ddim yn ddigon da iddo fo. Gwaeddodd, 'Dyna'r banc efo'r ffenestri aur!' a sboncio ymlaen oddi ar y rheilen. Dwn i'm oedd o'n gwbod bod 'na ffenest ogwyddol odano fo ond am eiliad roedd 'y nghalon bron â methu — ro'n *i* wedi anghofio fod 'na ffenest yno! Glaniodd yn drwsgwl a rholio drosodd unwaith neu ddwy ac yna gofyn i'r byd a'r betws, 'Fyswn i'n medru prynu'r ffenestri 'ma?' Roedd Shrinkel wedi dod i'n tywys o gwmpas Toronto a dywedodd nad oedd ond gwerth miliwn o ddoleri o lwch aur yn y ffenestri a, tasa Ffredi isio, mi fedrai brynu'r banc cyfan. Roedd siomiant ar wyneb Shrinkel wrth siarad — mi fysa fo wedi bod yn falch i weld Ffredi'n mynd trwy'r gwydr i ebargofiant, mi wn! Gwrthododd y ddau ddyn y mynnodd Shrinkelstein i ni'u cyflogi i warchod Ffredi tra ydan ni yma, groesi'r rheilen i nôl Ffredi ac roedd yn rhaid i Bobi Simmons wneud hynny.

Rydan ni wedi cyflogi Bobi, llanc sy'n astudio ym Mhrifysgol Toronto, i'n gyrru o gwmpas, i hel bwyd i Ffredi ac fel ffynhonnell waed i Gethin. Cawsom gryn drafferth wrth ei apwyntio, gyda'r twrneiod yn taeru bod rhaid i bawb oedd yn cynnig am y swydd gael archwiliad meddygol — rhag ofn eu bod yn cymryd cyffuriau neu'n dioddef o Hepatitis B neu AIDS! Hogyn distaw ydi Bobi, yn anfodlon dweud dim am ei gefndir, ond mae'n gwneud ei waith yn effeithiol, ac mae Gethin yn falch o gael dweud bod ei waed o'n flasus!

Mae Bobi a minnau'n cario Gethin a Ffredi o gwmpas mewn gwregysau sy wedi cael eu gwneud yn arbennig. Maen nhw'n debyg i'r bagia bol mae rhywun yn eu gweld ar ambell ymwelydd ym Mhen Llŷn, ond gyda theclyn i ocsigeneiddio a rheoli tymheredd y dŵr yn y bag. Mae fel bod yn fam-gangarŵ pan mae Ffredi yn ymwthio ei ben allan i weld be sy'n mynd ymlaen!

Roedd y gwregysau, wrth gwrs, yn costio ffortiwn fach, ond dim byd i'w gymharu â sbloetiau eraill Ffredi. Mynnodd brynu car glas golau a chael ei ailbaentio, gyda llunia pwll dŵr ar yr ochrau, llun ohono fo ei hun ar flaen y car a llun Gethin ar y cefn. Ro'n i i fod i ymddangos ar y to, ond mi wrthodais, ac felly mae haul tanbaid i'w weld yno. Ar ben hynny, mae Ffredi wedi mynnu cael pwll yn ein penty yn y gwesty!

Daeth y syniad gwallgo 'ma iddo wrth ymweld â sw Toronto. "Os ydan nhw'n medru cael pwll," medda fo wrth weld y morloi, "pam na alla i?" A dyna fu. Erbyn hyn mae'r cactysau oedd yn y penty'n wreiddiol i gyd wedi mynd — potiau o fedw arian ifanc yn eu lle nhw — ac mae 'na bwll padlo efo glannau o dywyrch go-iawn a lili'r dŵr felen yn ei ganol, yn swatio lle'r oedd y bwrdd cinio cynt. Dros y cyfan mae pabell glir o blastig i gadw i mewn y pryfetach mae Bobi yn eu hel fel bwyd i Ffredi, a llabedau yn yr ochrau i Ffredi fedru mynd a dod.

Be sy'n fy synnu i ydi pa mor fodlon mae pawb i gydymffurfio â gofynion dwl y broga bach, hyd yn oed rheolwr y gwesty: fel y lleill, cododd ei aeliau ryw fymryn a dweud, "Chi sy'n talu, syr." Dwi'n cofio Ffredi'n dweud ar yr awyren mai pres oedd y peth a fynnai pawb. Mae'n edrych fwy a mwy i mi ei fod yn llygad ei le. Ac eto, dydi o ddim yn sylwi ar y newid mae meddu ar bres yn ei achosi ynddo fo ei hun.

Rydan ni wedi bod mewn ambell barti coctêl wedi'i drefnu gan yr hen Shrinkelstein, gyda'i ffrindiau cyfoethog ac uchel-ael rhan fwya. Fel arfar, mae'r partïon hyn yn dilyn ymweliad i gyngerdd a 'ballu gyda'r nos, ac mae Ffredi'n dod yn ddihareb am ei sylwadau ar y perfformiadau. Roedd rhyw symffoni gan Beethoven fel gyr o wartheg yn carlamu ar draws cae wrth iddynt adael y beudy yn Ebrill, a chanwyr opera fel brogaod gwrywaidd yn galw am gymar. Cafodd ei hudo gan berfformiad bale awyr-agored yn Ontario Place ychydig nosweithiau'n ôl: roedd y fintai yn eu twtws fel gwybed, y prif ddawnswyr fel brogaod yn sboncio, a'r gerddoriaeth fel cant o hwyaid yn tasgu i wyneb pwll ar yr un pryd. O leia mae'r cymariaethau yn awgrymu nad ydi o wedi colli cysylltiad yn llwyr â'i gynefin — llo Llŷn ydi o o hyd, er ei gyfoeth newydd! Ond i'r gwybodusion honedig, mae Ffredi'n dod yn ffasiynol, ac maen nhw'n pentyrru o'i gwmpas, fel at ryw broffwyd, i wrando ar ei ddirnadaethau diniwed diweddara. Mae'r dynion busnes, ar y llaw arall, isio siarad â Ffredi am ei bres a'r posibiliadau iddo fo fuddsoddi yn eu cwmnïau.

Mi fysat ti wrth dy fodd efo'r siopau yma — llefydd yn gwerthu cotiau ffwr ym mhob man! A dyna le anhygoel ydi Canolfan Eaton — dros dri chant o siopau, un sinema ar hugain, a llefydd bwyta di-ri, i gyd dan do gwydr bwaog. Lle bynnag yr ei di, cei glywed sŵn pres yn siffrwd o'r naill law i'r llall a nwyddau'n dylifo yn ôl. Bywyd bras ac arian y gwaed sy'n bywiocáu'r cyfan.

Ac eto, wrth ddrysau'r siopau sgleiniog llewyrchus hyn mae 'na gardotwyr (rhai'n diddanu ond eraill yn ymestyn cledr llaw yn unig), puteiniaid a gwerthwyr cyffuriau. Mae MacDonald's ar draws y ffordd i'r gwesty yn gwerthu bwyd da iawn — gwell o lawer na'r un yng Nghaer — ond mae'r olygfa trwy'r ffenest yn torri min f'archwaeth. Puteiniaid ifainc gyda'u hamddiffynwyr a llanciau salw yn cynnig pacedi bach i'r bobl sy'n dod heibio. Byddant yn diflannu'n sydyn, am ddim rheswm am a wyddat ti, ac ymhen rhyw hanner munud wedyn mi ddaw car heddlu heibio. Dau funud wedyn a bydd cornel MacDonald's yn llawn ohonyn nhw, yn chwerthin yn fywiog ac yn cynnig eu nwyddau unwaith eto.

Mi ddois i ar draws delwedd berffaith o'r gymdeithas hon ym marchnad stoc Toronto ar Adelaide Street. Roedd yr hen Shrinkelstein wedi trefnu i ni gyfarfod â brocer, a chawsom daith ar y llawr i weld pa mor llwyddiannus oedd buddsoddiadau Ffredi. Ar y ffordd allan, tynnodd y brocer 'ma ein sylw at y drysau mawr, metel. Roedd basgerflun o haid o bobl ar wyneb y drysau a phawb yn cario symbol o'u gwaith mewn un llaw — bwyall, gordd, magl anifeiliaid, caseg forter, pren mesur ac yn y blaen — ac yn ymestyn y llaw arall yn wag. "Sbiwch ar y dyn 'na yn y cefndir," awgrymodd y brocer â gwên. Bonheddwr oedd "y dyn 'na", yn gwisgo het uchel a chôt hir; ac yn lle cario teclyn gwaith, roedd â'i law yn ddi-hid yn ei boced. Roedd y llaw arall i'w gweld yn diflannu i boced côt y gweithiwr o'i flaen!

"Ciwt, hy!"

Ia, ciwt iawn. Pawb yn mynnu — mae hynny'n naturiol — ond y pen-bandit yn mynnu a chael, heb wneud un strocan o waith.

Pan ddôth llythyr a siec Shrinkelstein, Shrinkel a Shrink ro'n i wrth fy modd, yn ormodol felly fel ti'n gwbod, yn edrych ymlaen at hel pres yr un mor hawdd â sgubo dail crin at ei gilydd yn yr hydref. Ond rŵan, a'r cyfle gen i — chwara plant fydda hi i dwyllo Ffredi, ac mae Shrinkelstein yn disgwyl i mi neud! — dwi ddim mor sicr be dwi isio.

'Runig beth dwi'n sicr ohono ydi 'mod i'n dy golli di'n arw . . .'

VII

'Be wnawn ni heno, 'ta?' gofynnodd Pot yn hamddenol. Roedd newydd orffen stecan Ganada anferth a photel dda o win Ffrengig ac yn teimlo fel cael noson o ddiogi yn y penty. Eto i gyd, roedd yn fodlon cydymffurfio ag ewyllys y lleill.

'B-be am i ni fynd i weld y B-blŵ Jês? Mae B-bobi'n deud fod 'na g-gêm dda i fod heno.' Roedd Gethin wedi datblygu diddordeb mawr mewn chwaraeon o bob math: pan oedd Ffredi a Pot wedi bod yn mynychu cyfarfodydd busnes a pherfformiadau opera ac ati roedd Gethin wedi bod gyda Bobi Simmons i rasys trotian a gêmau pêl-droed Canada a phêl-fas. Gallai ddyfynnu ystadegau batio, bowlio a maesu tîm cyfan y Blŵ Jês yn barod, ac roedd yn mwynhau rhag-weld ffrwyth llafur y tîm yng Nghynghrair Pêl-fas America. 'P-plîs, Ffredi!'

Pefriai llygaid Bobi'n awyddus ond nid felly rhai Ffredi: 'Na. Mae edrych ar Pot a Bobi'n stwffio'u gwyneba wedi codi isio bwyd arna i. Mi dreulia i'r noson yn y pwll, yn hela'r pryfaid gafodd Bobi i mi bore 'ma.'

'Mi 'rhosa inna efo chdi,' cynigiodd Pot yn hael. 'Pam nad ewch chi'ch dau i'r gêm?' ychwanegodd wrth Gethin a Bobi. 'Mi gaiff y ddau hwlcyn 'na fynd efo chi, i gadw cow arnoch chi.' Amneidiodd i gyfeiriad y drws lle'r oedd y ddau amddiffynnwr cyhyrog i fod yn sefyll y tu allan iddo.

'O'r g-gora!' gwichiodd Gethin, a phum munud yn

ddiweddarach roedd Pot wedi mynd i orweddian ar gadair esmwyth; glasiad o frandi yn y naill law a sigâr fawr o Cuba yn y llall. Roedd Ffredi wedi diflannu i mewn i'r babell blastig i eistedd ar ddeilen lili'r dŵr, gan aros yn ddiamynedd i bry hedfan o fewn cyrraedd ei dafod gludiog.

Ni sylwodd yr un ohonynt ar sŵn agoriad yn troi yng nghlo drws y penty.

'Oes rhywun gartra?' meddai llais melfedaidd, gan dynnu Pot o'i freuddwyd hanner-hepian am Gwen. Trodd yn ei gadair a gweld merch mewn côt ffwr llewpart a sandalau sodlau uchel yn sefyll o flaen pwll Ffredi. Llyncodd ei anadl wrth edrych ar ei thalcen uchel esmwyth a'i haeliau cryfion, ei gwallt hir crychog a'r smotyn bach du ar ochr ei gên siapus. Gwenai ei gwefusau llydan yn gynnil arno, gan arddangos ei dannedd perffaith. Cododd Pot o'i gadair a symud yn araf tuag ati.

'Su' mae?' Roedd Ffredi wedi dod allan o orchudd plastig y pwll. Tramwyai ei lygaid goesau hirion y ferch a'i chôt frycheuog, ond cyn iddynt gyrraedd ei hwyneb roedd hi wedi cwrcydu o'i flaen. Edrychai Pot yn llesmeiriol ar y cnawd meddal o liw coffi hufennog a ddeuai i'r golwg wrth i labedau'r gôt ostwng. Roedd pantiau dwfn pontydd ei hysgwyddau'n troi ei geg yn grimp.

'Wel,' dechreuodd y ferch mewn llais ffug-gystwyol, 'rwyt ti'n 'i gneud hi'n anodd iawn i rywun gael gafael arnat ti!'

Edrychai Ffredi'n ymholgar i fyw ei llygaid disglair.

'Wyt,' a fflachiodd y ferch wên gynnes, sydyn i gyfeiriad Pot cyn troi'n ôl at y broga o'i blaen. 'Rydw i wedi bod yn holi yn y cyntedd y tair noson ddiwetha a oeddat ti i mewn ai peidio, a than heno yr un oedd yr ateb bob tro — mae o allan yn joli-hoetian o gwmpas y ddinas. Yr hogyn drwg i ti!'

Chwarddai'r ferch yn swynol.

'Mae'n dda gynnon ni eich cyfarfod chi o'r diwedd, felly,' cynigiodd Pot yn gyffrous. Derbyniodd ei eiriau wên oedd yn achosi i'r gwaed ruthro i'w fochau.

'Wrth gwrs,' meddai Ffredi'n ddidaro, 'ond pwy ydach chi a be 'dach chi isio? Sut gawsoch chi afael ar 'oriad i'r lle 'ma?'

Eisteddodd y ferch yn ôl yn hamddenol, gan blygu ei choesau siapus i'r ochr, a gwenu wrthi'i hun wrth sylwi ar Pot yn llyncu ei boer. 'Mae gen i ffrind ar y ddesg yn y cyntedd — mae'n rhoi benthyg y 'goriad i mi pan ydw i isio rhoi syrpreis bach neis i gwsmeriaid y gwesty. Serena ydw i ac rydw i'n arfer cynnig gwasanaeth preifat i ddynion busnes unig sydd ar ymweliad â'r ddinas.'

'A, ysgrifenyddes ydach chi, felly?' meddai Ffredi. 'Oes angan ysgrifenyddes arnon ni, Pot?'

'Ffredi!' ysgyrnygodd Pot yn rhybuddiol. Roedd rhan ohono yn siomedig wrth ddeall natur gwasanaeth y ferch ond roedd ei galon yn pwnio fel peiriant tyllu'r ffordd.

'Ysgrifenyddes! Wel, mae rhai o 'nghwsmeriaid i'n fy nisgrifio i felly pan awn ni i ffwrdd am benwythnos i gynhadledd fusnes,' cyfaddefodd Serena â gwên arall, 'ond dydw i ddim yn medru llaw-fer, na theipio chwaith. Mae fy sgiliau i'n fwy personol fel petai.'

'Dwi ddim yn dallt,' meddai Ffredi mewn penbleth. 'Ffredi!'

Ochneidiodd y ferch yn dlos a gwthio ei hysgwyddau'n

ôl nes i'r gôt laes ddechrau llithro'n araf i lawr ei breichiau. Dim strapiau ffrog na bronglwm, nododd Pot yn syfrdan — oedd hi'n borcyn dan y croen llewpart 'na?

'Wel, Ffredi, dyma fel y mae hi,' meddai Serena'n syml, fel pe bai'n esbonio syms anodd i blentyn. 'Putain ydw i ac rydw i'n cynnig gwasanaeth rhywiol i unrhyw un sy'n fodlon talu amdano fo. Rwyt ti'n dallt be ydi gwasanaeth rhywiol, on'd wyt?'

'Siŵr iawn. Ond gwrandwch, 'mach i. Dwi'n gwbod 'ych bod chi'n bisyn ar y naw — mae ogla ar Pot fel petai o wedi cwrdd â duwies, a hynny ar waetha gwynt hyll 'i smocio fo — ond, wel, dydw i ddim yn 'ych ffansïo chi. Ddrwg gen i,' gorffennodd yn garedig, ond yn ei longyfarch ei hun am wrthsefyll ei chynigion. Byddai Nansi'n falch iawn ohono!

'O'n i'n ama hynny,' atebodd y ferch yn ddireidus, 'a dyna pam y dois i â Jemeima efo fi.' Rhoddodd ei bag ar ei glin a'i agor. 'Ro'n i'n aelod o'r Geidiaid am sbelan yn f'arddegau. Mi ges i gic-owt pan glywson nhw am fy ngweithrediada da ymysg y Sgowtiaid — ymddygiad annerbyniol, meddan nhw — ond, ro'n i'n aelod yn ddigon hir i ddysgu'r arwyddair — "Bi pripêrd"!'

Estynnodd Serena fag plastig allan o'i bag, ei ddatod a thynnu allan glamp o fwsogl gwyrdd.

Agorwyd haenau'r mwsogl i ddatguddio broga enfawr.

'Ffredi, dyma Jemeima. Dwi'n siŵr y byddwch chi'ch dau yn mwynhau cwmni'ch gilydd.

Syllodd Ffredi yn syn ar y gawres o froga: agorodd hithau ei cheg lydan, wincio'i llygaid mawr yn araf arno a chrawcio'n awgrymog.

'Dos ato fo, Jemeima!' chwarddodd y ferch, gan roi

hwb bach ymlaen i'r broga. Neidiodd Jemeima'n athletaidd a glanio'n drwm drwyn-wrth-drwyn â Ffredi.

'Mi allwn i dy fwyta di'n gyfa!' sibrydodd yn gryg.

Crynai Ffredi — diau bod hynny'n llythrennol wir! Syllodd ar wddf melyn, brycheuog Jemeima a'i choesau blaen cryf nes iddo dderbyn pwn tafod ganddi. 'Wel?' meddai'n herfeiddiol wrtho.

'Wyt ti'n licio dawnsio cyn . . ?' dechreuodd Ffredi'n ansicr, ond torrodd hithau ar ei draws.

'Dawnsio? Ai broga go-iawn wyt ti?' ceryddai.

'Wrth gwrs, mi anghofis i.' Yn ei feddwl gwibiai'r arferion caru roedd o wedi'u rhoi heibio wrth iddo ddod yn gariad i fadfall ddŵr — hynny, yna hynny ac yna hynny . . . ie! Gollyngodd grawc sydyn a achosodd i Serena a Pot blycio'n ôl mewn syndod. Nid felly Jemeima. 'Da iawn, Ffredi; mi wyt ti'n gwybod sut i drin merch wedi'r cyfan! Lle'r awn ni?'

'Tyrd!'

Trodd Ffredi a sboncio am y pwll. Ymwthiodd ei ffordd trwy'r llabed yn y babell blastig heb edrych i weld a oedd Jemeima yn ei ddilyn, a thasgu i'r pwll. Pan ffrwydrodd hithau i'r dŵr ar ei ôl, ymaflodd ynddi a'i thynnu'n ddiwrthwynebiad i waelod y pwll. Yno, dringodd ar ei chefn ac ymestyn ei goesau blaen ar led er mwyn ei chofleidio, ond mor wahanol oedd eu maint fel na chyrhaeddai bysedd Ffredi ond at ei cheseiliau — edrychai fel plentyn bach ar gefn caseg wedd.

'W, mae hwnna'n wahanol — cosi wrth garu — ww!' byrlymai Jemeima.

Ni ddywedodd Ffredi ddim. Roedd noson hir o'i flaen a byddai angen arbed pob tamaid o egni. Prin y meddyliai am Pot a'r butain ond clywai sŵn eu traed a'u chwerthin am gyfnod ac yna sŵn drws llofft yn cau. Roedd yn medru canolbwyntio'n llwyr ar ei orchwyl bleserus bellach. Teimlai'r broga benywaidd anferth oddi tano yn dechrau aflonyddu — roedd yn dechrau dodwy'r grifft! Rhag ofn iddo lithro oddi ar ei chefn llydan, llithrig, glynodd Ffredi'n dynnach wrthi.

'Mm, ww!' suai Jemeima.

Drannoeth, roedd Pot yn profi *brunch* am y tro cyntaf am iddo ddeffro mor hwyr — stribedi o stêc tyner, cig moch, dau wy wedi'u ffrio, madarch, tomatos wedi'u gradellu, tatws wedi'u ffrio, twr o dôst a phot mawr o goffi. Roedd y gwas a ddaeth â'r bwyd am hanner awr wedi un ar ddeg wedi cymryd un cip ar yr ystafell wely a dechrau chwerthin. 'Mae Serena wedi ymweld â chi, dwi'n gweld!' Yna, wrth gofio pwy ydoedd, ychwanegodd yn ymddiheurol, 'Syr.' Ond doedd dim ots gan Pot am y diffyg parch, roedd wedi edrych i mewn i'r llofft a gweld blerwch amlwg y gwely — y gynfas anniben, y cwrlid crychog yn llusgo ar y llawr a'r clustogau gwasgedig ym mhobman — ac ymunodd yn chwerthin y gwas. 'Dipyn o hogan; crynrag penglinia go-iawn, wst ti!' Rholiai ei lygaid i fynegi ei syndod.

'Dyna mae pawb yn ddeud,' cytunai'r gwas, a mymryn o eiddigedd yn ei lais. Roedd yr oslef honno wedi ychwanegu at hapusrwydd Pot, a derbyniodd y gwas gildwrn hael wrth ymadael.

Eisteddai Ffredi ar ymyl y bwrdd, yn edrych ar Pot yn llowcio'i fwyd. Rywbryd yn ystod y bore roedd Serena wedi hebrwng Jemeima o'r pwll ond roedd ôl ei gymar am y nos yn llenwi'r dŵr o hyd — miloedd o wyau mawr llithrig oedd wedi pentyrru o'u hamgylch yn ystod oriau'r tywyllwch.

Roedd yn teimlo wrth ei fodd, a gwenodd ar ei dwrnai. 'Noson dda, hy!' crawciodd yn hunanfodlon.

'Ia, wir!' gwenodd Pot yn ôl. Yna, 'Ond cofia, Ffredi, dim gair am hyn wrth neb. Tasa Gwen a Nansi'n cael clywad am neithiwr mi fysa hi ar ben arnon ni.'

'Iawn. Ond be am Bobi a Gethin? Mae'n siŵr 'u bod nhw wedi sylwi rhywbeth wrth gyrraedd adra neithiwr.'

'Naddo, wir. Ddaeth yr un ohonyn nhw adra — mae gwely Bobi'n wag a dydi Gethin ddim i'w weld yn unman chwaith. Mae'n rhaid 'u bod nhwtha hefyd wedi bod yn galifantio!'

''Na anghyfrifol!' ebychodd Ffredi. 'Mae'r Bobi 'na i fod i edrych ar ôl Gethin, felly be mae o'n neud, yn cadw fy ffrind allan dros nos? Gobeithio fod Geth yn iawn. A be am ein taith ni i Niagara p'nawn 'ma? Pwy sy'n mynd i yrru'r car os na ddaw Bobi'n ôl mewn pryd?'

Gwenodd Pot ar lifeiriant herciog y broga a dweud, 'Paid â phoeni, mi wna i yrru'r car os na ddôn nhw'n ôl mewn pryd.'

'Nid dyna'r pwynt,' mynnodd Ffredi. 'Mi ddylai'r Bobi 'na fod yn fwy o ddifri ynglŷn â'i ddyletswyddau i bobl eraill!'

Fel ti a mi? meddyliodd Pot, gan ddechrau teimlo brath euogrwydd.

VIII

Roedd y dŵr cwrw-frown yn llifo'n esmwyth, a gallai
Ffredi weld y garreg glai ar waelod bas yr afon. Dim ewyn
i'w weld yn unman a'r haul uwch ei ben yn disgleirio:
'na braf oedd bywyd! Aflonyddai'r afon ryw ychydig wrth
fynd heibio i ynys isel ac ymdonnai'r papur doler gwyrdd
roedd Ffredi'n arnofio arno, ond nid digon i'w boeni.
Cododd ei goes flaen ar yr haid o bobl oedd yn llenwi'r
lan. Roeddynt i gyd yn codi llaw arno, a rhai ohonynt
yn rhedeg nerth eu traed ar hyd y lan i geisio cadw efo
fo; roeddynt i gyd yn gweiddi eu cyfarchion! Ond ni allai
Ffredi glywed eu geiriau oherwydd rhyw ddwndwr oedd
yn llenwi'r awyr. Daeth gyferbyn â ffens ddu, oedd yn
atal ei edmygwyr rhag dod at lan yr afon, ond, chwarae
teg iddynt, roeddynt yn dal i godi llaw, dal i weiddi'n
groch arno! Edrychodd o'i flaen a gweld niwl trwchus yn
codi. Cafodd ran o eiliad i sylweddoli fod y dŵr wedi
troi'n jêd-wyrdd ac yna fe ogwyddodd y papur doler ac
roedd yn syrthio.

Sŵn taran yn rhuo; rubanau gwyn o ewyn yn dadrolio
o'i amgylch; smotiau duon yn hyrddio tuag ato, fel
penbyliaid bach wedi magu adenydd, ac yna'n esgyn yn
serth ar y foment olaf rhag iddynt blymio i edau
cordeddog y dŵr. Llyncwyd Ffredi gan y niwl.

Roedd mewn berfa, yn cael ei wthio'n araf gan ddyn
tal, gwallt golau. Roeddynt yn siglo o ochr i ochr, i fyny
ac i lawr ar raff dew oedd yn ymestyn yn ddiddiwedd o'u

blaen ac o'u hôl. 'Dwyt ti ddim yn haeddu bod yn rhan o'r gamp 'ma!' a gafaelodd y dyn yng nghoesau ôl Ffredi a'i daflu ymhell oddi wrtho. Syrthiodd Ffredi i'r rhuo a'r niwl berwedig drachefn.

Pan ddaeth allan o'r niwl, roedd yn cwrcydu yng ngwaelod canŵ gyda meinwen frowngoch. Er hynny, roedd hi'n debyg iawn i Nansi, gyda llygaid euraidd, meingorff lluniaidd a chynffon hir. Edrychai arno'n ddirmygus: 'Dwi'n marw er lles fy mhobl, ond chei di ddim byw efo fi am byth yn yr ogofâu dan y rhaeadr, O— 'ma—caci!' Ac wrth iddynt syrthio, hyrddiwyd Ffredi o'r canŵ gan chwip ei chynffon. Cafodd ei ffrewyllu gan dalpiau llym o ewyn a chodai stŵr byddarol y tabyrddau gorffwyll . . .

'Ffredi, wyt ti'n effro? Mae rhywun wrth y drws!'

Rhuthrodd Pot heibio'r pwll ac eiliadau wedyn taflwyd y drws yn ôl yn nerthol ar ei golfachau. Gwthiwyd Pot yn ôl o flaen llif o ddynion, rhai ohonynt mewn lifrai glas ac eraill mewn lifrai brown, a phob un efo gwn am ei ganol.

'Be wnes i?' plediodd Pot yn euog. Roedd ei feddwl ar y noson gnawdol gyda Serena.

'Lle mae Robert Seamus Cassidy?' arthiodd un o'r heddlu mewn glas. 'Ydi o yma?'

'Pwy?'

'Peidiwch â cheisio cellwair efo ni, mi rydan ni'n gwbod ei fod o wedi bod yn "gweithio" i chi.'

'Ond chlywis i 'rioed amdano fo!'

'Malu cachu 'dach chi rŵan. Hê!' A gwaeddodd yr heddwas ar y gwas cegrwth oedd yn dal i sefyll wrth drothwy'r drws. 'Rydach chi'n dyst fod Cassidy wedi bod yn aros efo'r dyn 'ma, yn 'dach?'

Amneidiodd y gwas yn fud.

'Ond . . . ' dechreuodd Pot yn ddryslyd. Ai cynllwyn oedd hyn i gael gafael ar ran o bres Ffredi? Roedd yn edifar ganddo roi cildwrn mor dda i'r bastad bach ystrywgar 'na!

Gafaelodd un o'r heddlu brown ym mraich Pot. 'Wnewch chi edrych ar y llun hwn, syr?' gofynnodd yn foneddigaidd. 'Rydan ni yn y Royal Canadian Mounted Police wedi derbyn galwad ffôn anhysbys i ddweud bod Mr Cassidy wedi cael ei herwgipio. Mae o'n fab i Weinidog Mwyngloddio y Llywodraeth Ffederal, ac felly mae'n rhaid i ni ymchwilio i'r peth.'

Cwrcydodd Pot wrth ochr Ffredi, a oedd wedi ymddangos erbyn hyn, a, heb ddweud gair, dangosodd y llun i'r broga.

'Bobi!' gwichiodd Ffredi.

'Be 'di'r rwtsh 'ma?' arthiodd yr heddwas mewn crys glas golau a staeniau chwys ar ei geseiliau.

'Rydach chi'n ei nabod o, felly?' torrodd y swyddog RCMP ar ei draws.

'Ydan, siŵr iawn,' atebodd Pot. 'Mae o wedi bod yn gweithio i ni ers wythnos. Ond Bobi Simmons ydi o, nid Robert Cassidy!'

'Lle mae o rŵan?' gofynnodd y Mownti, gan anwybyddu geiriau olaf Pot.

'Wn i ddim. Ddôth o ddim yn ôl neithiwr, nac echnos chwaith.'

'Be?' crawciodd Ffredi'n syn. 'Ddaethon nhw ddim adra neithiwr? O'n i'n deud mai lembo anghyfrifol oedd o, doeddwn?' Dechreuodd sboncio o le i le yn ddiamynedd. 'Be sy wedi digwydd i Gethin, felly?'

Edrychodd yr heddlu ar ei gilydd yn ofalus; ai ymwneud ag ynfytyn oeddynt? 'Pwy ydi Gethin?' gofynnodd y Mownti'n gysurlon.

'Gelen,' esboniodd Pot. 'Roedd Bobi'n edrych ar ei ôl o a . . .'

Ond nid oedd heddwas Toronto yn ei grys glas am glywed mwy. 'Wyt ti'n deud wrthan ni fod mab gweinidog y llywodraeth yn 'morol am greadur llysnafeddog, hyll? Tynna 'nghoes arall i!'

'Oi!' mynnodd Ffredi. 'Rwyt ti'n insyltio 'nghyfaill i! Os na roi di'r gora iddi, mi wna i fwy na thynnu dy goes di, mêt!'

'Reit! Dwi wedi cael digon o'r ffwlbri 'ma! Mi orffennwn ni'r sgwrs yma yng ngorsaf yr heddlu. Ella cawn ni fwy o synnwyr gen ti yn absenoldeb dy degan-froga. Tyrd!'

Gafaelodd swyddog yr RCMP ym mraich Pot a'i wthio tuag at y drws.

'Chewch chi ddim!' gwaeddodd Pot gan geisio ei ryddhau ei hun. 'Twrna ydw i!'

'Nid yn y wlad yma!' meddai heddwas arall yn sarrug wrth ymaflyd ynddo a'i hyrddio allan o'r ystafell.

Roedd gwas y gwesty yn dal i sefyll fel maen-hir wrth y trothwy; doedd o ddim wedi profi cymaint o gynnwrf ers . . . ?

'Hê,' crawciodd Ffredi'n uchel, 'tyrd yma!'

Plyciai llygaid y gwas o gwmpas yr ystafell — doedd neb yno!

'Wyt ti'n ddall? Wyt ti'n fyddar?' bloeddiodd Ffredi.

'Tyrd yma, rŵan!'

Llithrodd y gwas i'r llawr a syllodd yn ddwys ar Ffredi am eiliad cyn llewygu.

Deffrôdd i bwn tafod gludiog ar ei ên. Roedd y broga'n eistedd ar ei fron. 'Hen bryd i ti ddeffro!' dwrdiodd. 'Cysgu uwchben dy waith, wir Dduw! Dwi isio i ti ffonio'r cyfreithwyr Shrinkelstein, Shrinkel a Shrink. Wyt ti'n dallt?'

Nodiodd y gwas yn ffwndrus.

'Da iawn,' canmolodd Ffredi gan sboncio i'r llawr. 'Rŵan, cod. Pan fyddi di'n ffonio, deuda wrthyn nhw fod Philip Owen Thomas wedi cael ei lusgo i'r clinc a 'mod i isio iddyn nhw 'i gael o'n rhydd. Wyt ti'n dallt?'

'Ydw,' mwmiodd y gwas yn amheus. 'Pwy ddweda i sy'n gofyn am eu help?'

'Ffredi. Mi gei di dâl da am hyn, cofia. Dos rŵan.'

Heglodd y dyn o'r ystafell a setlodd Ffredi ei hun i aros am ddychweliad Pot.

Ond am Gethin roedd o'n poeni.

O fewn yr awr roedd Pot yn ôl, yn llawn cyffro ar ôl ei antur. 'Mi ddylset ti fod wedi bod yno i weld wyneba'r heddlu pan gyrhaeddodd y twrneiod — y tri ohonyn nhw — i ofyn be oedd yn digwydd! Sôn am fytheirio! 'Restio anghyfreithlon, amharu ar breifatrwydd yr unigolyn, camweinyddu, ymosodiad ar berson — roedd y tri ohonyn nhw fel mamau parti cydadrodd yn Steddfod yr Urdd yn bygwth y beirniad oedd wedi gwrthod rhoi llwyfan i'w plant bach nhw! Pan soniais am ein cysylltiad â'r Prif Weinidog Ffederal mi aethon nhw fel y galchan a phan ddwedodd Shrinkelstein 'mod i'n dwrnai personol i'r unigolyn cyfoethoca yng Nghanada — sef chdi — mi dechreuson gachu brics! Sôn am lyfu! Roedd eu hymddiheuriada nhw'n werth eu clywad, ac mi ges i fy hebrwng yn ôl i fa'ma mewn steil — tri char y glas a mintai o feicia modur!'

'O'm herwydd i,' atgoffodd Ffredi'n ffurfiol.

'O. Ia. Wrth gwrs. Diolch i ti am gysylltu â'r twrneiod, Ffredi.'

'Croeso,' meddai Ffredi'n foneddigaidd, gan anghofio am gyfraniad y gwas. 'Rŵan, be 'di'r gair diweddara am herwgipiad Gethin? Oes gan y gleision syniad be i'w neud?'

'Nid Gethin sy wedi cael ei gipio, Ffredi. Ar ôl Bobi — y Robert Cassidy 'na — oedd yr herwgipwyr, wir i ti, ac mae Gethin wedi cael ei gipio hefyd trwy ddamwain, am ei fod o efo Bobi ar y pryd.'

'Be am y ddau oedd i fod i warchod Bobi a Geth?'

'Ia, mi wnes i feddwl amdanyn nhw,' atebodd Pot yn fyfyriol. 'Dangosodd y plismyn gryn ddiddordeb pan sonis i amdanyn nhw, ac fe gynhyrfon nhw'n lân pan glywson nhw'u henwau nhw. Do'n i ddim yn meddwl y gallai Shrinkelstein a'i griw wrido, ond mi droeson nhw'n fitrwt pan haerodd y plismyn eu bod nhw wedi cyflogi pâr o gyn-ddrwgweithredwyr i'n gwarchod ni!'

'Nhw oedd yr herwgipwyr, felly?' gofynnodd Ffredi'n gynhyrfus.

'Ella; ar y llaw arall, mi allen nhw fod wedi cael eu herwgipio hefyd, neu ddiflannu'n ddigon pell am iddyn nhw fethu amddiffyn Gethin a Bobi. Pwy a ŵyr? 'Runig beth allwn ni'i neud ydi gadael i'r glas ganlyn arni — mae 'na ddigon ohonyn nhw wrthi, beth bynnag!'

Syrthiodd Pot i gadair a thanio sigarét.

Plyciodd ffroenau Ffredi rhag y mwg. Yna meddai'n ddwys, 'Hir yw pob ymaros.'

Ond nid felly y tro hwn. Cyn i Pot orffen ei fygyn roedd y penty yn clecian i ergydion trwm ar y drws.

'Mae'r glas yn 'u hola,' crawciodd Ffredi'n hapus. Roedd unrhyw ymyrraeth yn well na'r oedi 'ma.

'Iesgob annw'l!' gwichiodd Pot a gwasgu olion ei sigarét yn ufflon yn y blwch llwch.

IX

Roedd Mownti brown wrth y drws. Heb oedi, gwthiodd lungopi i law Pot a dweud, 'Darllenwch hwn, os gwelwch yn dda. Mi ddaeth o yn y post i Mr Cassidy bore 'ma.'

Dechreuodd Pot ddarllen y llythyr yn ddistaw, ond crawciai Ffredi'n ddiamynedd. 'Tyrd yn dy flaen, rydw inna isio gwbod be sy ynddo fo hefyd!'

'Iawn, Ffredi. *Anwul Casidi, mae dy fab gynon ni a mi ydan ni isio milywn o tholeri am danno fo. Mi thaw prwff i ti yn fian ein bod ni'n deyd y gwyr.* Dydi'r rhein ddim yn sbeliwrs da iawn, ydan nhw?' nododd Pot, gan edrych yn gwestiyngar ar yr heddwas.

'Oes ots am eu sillafu?' rhuodd Ffredi. 'Y cynnwys sy'n bwysig! Be mae o'n 'i ddeud am Gethin?'

'*Oethat ti'n gwbod mae pyf y di o, maen licio cal gelens yn cropyan dros ei gorff i gyd! Os dynna be mae o'n licio mi nawn ni gadw fon hapys iawn nes i chi gal gafal ar y pres, mae wsnos gyn ti am hyn gyda llaw. Mi nawn ni weudu fo a gelens nes itho fo farw. Os na tin coylio ni ei fod o gynon ni a be nawn ni efo fo yna gwitsia di am y post fory nesa!*'

'Mae Mr Cassidy a'r Prif Weinidog ei hun yn erfyn arnoch chi fynd i Ottawa ar fyrder i fod wrth law,' meddai'r heddwas yn ffurfiol. Yna ychwanegodd, 'Er, yn bersonol, dwn i'm be ellith twrnai o Sais a broga wneud fydd o fudd i ni.'

'Nid Sais ydw i!'

'Cau dy geg, Pot. Pryd awn ni?' gofynnodd Ffredi.

'Mi fydd awyren yn gadael ymhen dwyawr o faes awyr Lester B. Pearson neu fe gewch chi fynd ar drên o Union Street mewn — ' ac edrychodd yr heddwas yn gyflym ar ei wats '— mewn hanner awr.'

'Y trên amdani, 'ta. Dwi ddim yn ffansïo ffidlan o gwmpas am ddwyawr.' Roedd y gobaith o gael gweithredu o'r diwedd yn gwneud Ffredi'n benderfynol.

Ond codi ofn wnâi o ar Pot: 'Be am y pacio? Ac mi fydd raid i ni adal i'r twrneiod wbod be sy'n digwydd. A . . .'

'Pacio!' dechreuodd Ffredi'n syn, ond torrodd yr heddwas ar ei draws. 'Gan bwyll, rŵan. Mae dau ddyn gen i y tu allan i'r drws. Gwnewch restr o'r pethau sy angen eu gwneud, a mi wnân nhw'r cyfan i chi. Ga i ddefnyddio'ch ffôn?' Heb aros am ymateb Pot, brasgamodd at y ffôn, archebu seddau a gorchymyn iddynt atal y trên nes iddo ef, Ffredi a Pot ei gyrraedd. 'Busnes y llywodraeth,' esboniodd yn gwta wrth i rywun y pen arall ddechrau dadlau.

Mwynhaodd Ffredi y siwrne i Ottawa yn fawr ar y trên hir, llyfn. Nid oedd wedi bod yn ymwybodol yn Toronto cymaint yr oedd prysurdeb a sŵn y ddinas wedi ei gynhyrfu, ond wrth weld dyfroedd glas-baun, llonydd Llyn Ontario ar y naill law a milltiroedd o india corn, eu pennau pluog yn chwifio'n fwyn yn llygad yr haul, ar y llall, teimlai ei fod rywsut yn dychwelyd i gynefin mwy croesawgar. O Kingston ymlaen, wrth i'r trên droi tua'r gogledd, newidiai'r tirlun yn sylweddol. Yn lle'r llyn a'r caeau mawr gwastad, daeth coedwigoedd pinwydd a chedrwydd ac aml i bwll corsiog ac esgyrn bratiog y coed yn boddi yn y llaid tywyll. Tyfai clystyrau trwchus o'r wialen aur a letys glas wrth ochr y lein. Crynai Ffredi wrth ddychmygu'n hiraethus am sboncio trwy'r blodau a suddo i ddyfroedd du'r corsydd. Er i'r heddwas sôn am y penhwyaid mawr oedd yn llechu yn y pyllau mwyaf, ac yn arbennig am y *muskellunghe* anferth oedd yn tyfu i dros hanner can pwys, ni hidiai Ffredi; roedd peryglon y byd a welai drwy ffenestr y trên yn rhan annatod o'i gyfansoddiad.

Ac wrth gyrraedd Ottawa, ni phallodd boddhad Ffredi ond ychydig. Roedd llai o drafnidiaeth nag yn Toronto a hwnnw'n fwy hamddenol ar hyd ffyrdd wedi'u hymylu â lawntydd taclus a choed tal, cysgodol. Ymlwybrai afon a chamlas, glaswellt a llwyni a blodau llachar ar hyd eu glannau, trwy'r ddinas. Roedd hyd yn oed toeau a thyredau pigog eu gwesty — y Chateau Laurier — yn wyrdd! A'r tu mewn, roedd dodrefn eu llofft yn fahogani aeddfed a'r lloriau'n farmor. Ni chymerodd fawr o amser i Ffredi gysgu.

Ar awgrym y Mownti, nad oedd ar ddyletswydd mwyach, aeth Pot i dafarn am ei swper lle gwrthododd yfed Labbatts a Carling am iddo eu profi ym Mhen Llŷn heb fawr o fwynhad, ac felly yfodd sawl potel o gwrw O'Keefe gyda'i salad a'i stecan waedlyd.

O ganlyniad deffrôdd â chur mawr yn ei ben fore trannoeth ac roedd yn rhechu'n afreolus pan ddychwelodd yr heddwas, a thad Bobi Simmons — Cassidy erbyn hyn — gydag ef. Dyn tal, nerthol oedd Edward Cassidy, ei wallt brith wedi ei dorri'n fyr fel brws gwifrau a'i law mor gadarn nes gwneud i Pot wingo wrth ei hysgwyd.

'Mae'n dda gen i'ch cyfarfod chi, syr,' meddai Pot.

'Roeddan ni'n hoff iawn o'ch mab, Bobi — yn doeddan, Ffredi?'

'Oeddan,' atebodd Ffredi'n ddidaro, ond sylwai Pot ar effaith eu defnydd o'r amser gorffennol ar dad Bobi; roedd ysgwyddau cryfion y dyn wedi disgyn, a'i wyneb yn welw fel llwch tân coed. Ni wyddai beth i'w wneud na'i ddweud mwyach ac roedd mudandod annifyr, gwag yn dechrau gwasgu ar bawb.

'Oes newyddion, felly?' torrodd llais hy Ffredi ar y syrthni.

Syllai Edward Cassidy arno trwy lygaid cymylog. Dan amgylchiadau gwahanol byddai broga oedd yn siarad go-iawn yn ffaith ddiddorol, gynhyrfus, ond pa ots am hynny rŵan?

Pesychodd yr heddwas wrth ei ochr: 'Ga i . . . ?'

'Cewch, mae'n debyg,' meddai Cassidy gydag ochenaid.

Tynnodd yr heddwas gist fach yn ofalus o'i boced a'i rhoi ar fwrdd gerllaw. 'Daeth hwn trwy'r post bore 'ma.' Edrychodd yn ymholgar ar y Gweinidog Mwyngloddio fel petai'n ei wahodd i agor y blwch, ond trodd Cassidy ei ben i ffwrdd yn sydyn gan ysgwyd ei law. 'Mi wna i, felly,' meddai'r heddwas yn ddistaw.

'Aros i mi gael gweld hefyd!' crawciodd Ffredi'n uchel, a phlygodd Pot ato.

'Cau dy geg, wnei di, Ffredi?' murmurodd trwy wefusau tyn, a dodi'r broga'n ddiseremoni ar ymyl y bwrdd.

'Iawn, 'ta,' meddai Ffredi, ond doedd hi ddim yn glir ai ymateb i gais Pot yr oedd, neu ddatgan ei bod hi'n iawn bellach i'r heddwas agor y blwch.

Dan y caead gorweddai bys ar wely o wlân cotwm.

Syfrdanwyd Pot gan y peth angheuol hwn ond archwiliai Ffredi'r bys â diddordeb — o'r mymryn asgwrn gwyn yn llygadrythu arno yng nghanol y bôn trychedig du, ar hyd y cymalau cleisiog oedd wedi plygu rywfaint wrth farw, ac at y rhicyn cul ar draws y cymal uchaf a'r ewin wedi'i gnoi. Nodiodd y broga ei ben yn ddeallus: 'Roedd o'n arfar pigo'i drwyn efo hwn pan oedd o'n meddwl nad oedd neb yn sylwi!'

'Ffredi!'

Heb ddweud yr un gair, gafaelodd yr heddwas yn ofalus yng ngwely bys Bobi a'i godi. Ymddangosodd gelen, gelen wedi'i chwyddo'n anferth gan waed tywyll; gelen oedd yn farw gelain. Herciodd Ffredi yn syfrdan a syrthio oddi ar ymyl y bwrdd i'r llawr. Gorweddai yno'n swp, mewn llewyg.

Pan ddaeth ato'i hun, roedd y tri dyn yn edrych i lawr arno. 'Wyt ti'n iawn, Ffredi?' gofynnodd Pot yn bryderus.

'Gethin!' igianai Ffredi. 'Maen nhw wedi llofruddio Gethin!'

Dechreuodd Pot ei gysuro a symudodd y ddau arall i ffwrdd rhag codi cywilydd ar y broga. 'Mae'n debyg bydd rhaid cael *post mortem* i sicrhau mai gwaed fy mab sy yn y gelen?' gofynnodd Cassidy mewn llais isel i'r heddwas, ond ni chollodd Ffredi ei eiriau.

'Be? Torri fy hoff gyfaill, y cyfaill mwya cydnaws erioed, yn garpia? Lle mae'ch parch at y meirw? Chewch chi ddim, mi ddyffeia i chi!' Ac er ei benysgafnder, safodd ar y llawr yn rhyfelgar, rhwng y dynion a'r bwrdd lle gorweddai Gethin.

'Wyt ti'n siŵr mai Geth ydi o? Dim ond cip sydyn gest

ti, wedi'r cyfan,' awgrymodd Pot, a chododd Ffredi i ben y bwrdd unwaith yn rhagor.

'Wrth gwrs 'mod i'n . . .' dechreuodd y broga rhwng dicter a thristwch, ac yna peidiodd. Edrychodd ar batrwm streipiau a brychau'r corff yn graff.

'I ffwrdd â hi at y gyllell! Nid Geth ydi hon!'

Yna trodd yn ffyrnig at yr heddwas. 'Pa fath o hurtyn difeddwl wyt ti, yn achosi i mi feddwl bod fy ffrind gora wedi'i ladd? Sôn am galon-galad! Dos o 'ma'r diawl!'

Roedd hyd yn oed Cassidy'n gwenu'n sur wrth wrando ar y broga ansensitif yn arthio dros sensitifrwydd i'w deimladau tyner. 'Mae'r Prif Weinidog wedi gofyn i mi ddweud ei fod am gwrdd â chi, Ffredi. Bydd car yn eich disgwyl am chwarter i ddau.'

Trodd at y drws ac, wedi rhoi bys Bobi yn ôl yn y blwch, aeth yr heddwas ar ei ôl.

X

Aeth dau ddiwrnod heibio a chyrhaeddodd dwy gelen farw trwy'r post, ond heb fysedd y tro hwn. Doedd dim siw na miw o'r ddau warchodwr ac edrychai'n debycach bob dydd mai nhw oedd yr herwgipwyr. Heblaw am hyn, nid oedd yr heddlu gam ymhellach yn eu hymgais i ddarganfod Bobi a Gethin. Ar ben hynny, bu'r cyfarfod â Phrif Weinidog Canada yn siomiant. Er i Ffredi gynnig talu'r pridwerth i ryddhau Gethin a Bobi, roedd Ron Harvey wedi profi'n styfnig. 'Dwi'n edmygu'ch haelioni, Ffredi, ond mae gennym ni bolisi swyddogol — dim ildio i fygythiadau herwgipwyr ar unrhyw gyfri.'

O'r herwydd, roedd Ffredi a Pot yn teimlo'n isel eu hysbryd ar y noson yr oeddynt yn llechu yn nhafarn Cap'n Pinky ar Stryd y Banc, stryd sy'n ymestyn o Fryn y Senedd yng Ngogledd Ottawa at gyrion deheuol y ddinas. Roedd Pot wedi llyncu sawl peint o gwrw Dyffryn Ottawa a blas dymunol eirin gwlanog arno, ac yn pigo'n ffwndrus a di-stremp ar y salad anferth ar y bwrdd pîn crwn o'i flaen. O'r ystafell gefn deuai sŵn lleisiau'n bloeddio chwerthin wrth i'r saethau gyrraedd neu fethu'r byrddau dartiau. Ar wydr yn hongian ar wal gyferbyn, roedd llun merch hanner meddw; eisteddai ar ran isaf lleuad newydd, dan wenu'n ddedwydd, ei sodlau'n uchel yn yr awyr a rubanau hir ei bonet yn hedfan i bob cyfeiriad.

'Be maen nhw'n neud heno, tybad?' meddai Pot yn llawn teimlad.

'Pwy?' atebodd Ffredi'n swrth o ganol pwll cwrw ar y bwrdd. Roedd wedi llygadu salad Pot yn eithaf trylwyr a heb ddarganfod na phry na gwlithen chwaith.

'Gwen a Nansi, wrth gwrs! Wyt ti'n meddwl eu bod nhw'n meddwl amdanon ni fel rydan ni'n meddwl amdanyn nhw?'

Syrthiodd yn ôl yn ei gadair freichiau ag ochenaid.

'Paid â rwdlan, wnei di?' Roedd geiriau Ffredi'n swnio'n stowt, ond y tu mewn iddo roedd yn hiraethu am ei fodan yr un fath â Pot. Ac am ei gartref hefyd. Roedd afanc — yn eistedd yn hamddenol ar ei nyth yng nghanol llyn bach, a rhimyn o goed pinwydd o'i gwmpas — yn syllu ar Ffredi o ddrych arall y tu ôl i Pot. 'Os oes synnwyr ganddyn nhw,' aeth yn ei flaen yn sur, 'mi fyddan nhw'n cysgu erbyn hyn — mae clocia Llŷn bum awr ar y blaen i ni, cofia!'

'Wel, ia. Ws gws.' Roedd geiriau'n dechrau tramgwyddo ar wefusau Pot; felly cododd law ar was y bar am wydriad arall. Pan ddaeth y dyn â'r cwrw, gofynnodd braidd yn fygythiol, 'Oes rhywbeth o'i le ar y bwyd, gyfaill?'

Edrychodd Pot ar y tatŵs oedd yn amgylchynu breichiau noeth y gwas cyhyrog a dweud, 'Na, mae'n ardde'chog, diolch.' Estynnodd am olewydden a'i stwffio i'w geg.

'Iawn 'ta,' a diflannodd y gwas i'r ystafell gefn.

Llowciodd Pot o'i wydr i olchi blas hyll yr olewydden ymaith. 'Be wnawn ni, Ffredi?' ochneidiodd unwaith yn rhagor.

Roedd Ffredi ar fin dweud rhywbeth llym pan ymddangosodd dyn bach cynhyrfus wrth eu bwrdd.

'Dwi wedi bod yn sylwi a gwrando arnoch chi,' meddai wrth Pot, a'i ddwylo'n chwifio'n afreolus, 'a dwi'n falch o ddeud mai chi ydi'r taflwr llais gorau rydw i wedi'i gyfarfod erioed!' Pefriai ei lygaid tywyll yn angerddol.

'Be?' mwmiodd Pot.

'Fi yw Andy Liminsky!' datganodd y dyn, a phan sylweddolodd nad oedd yr enw yn golygu dim i Pot, gafaelodd yn dynn yn ei law a'i hysgwyd yn egnïol. '*Yr* Andy Liminsky!' rhuodd yn esboniadol.

Cododd sawl pen o'i gwrw ac edrych i gyfeiriad y dyn bach swnllyd. Nid oedd llygaid y pennau hyn i'w gweld yn hapus â'r ymyrraeth. 'Neis i gw'dd â chi, Mr Liminsky,' mwmiodd Pot, yn gwingo yn ei gadair.

'Be? Be oedd yr enw?' gwaeddai'r dyn, gan godi ei law rydd at ei glust. 'Dyna'r trwbwl efo llefydd fel hyn, gormod o bobol yn brygowthan fel mwncïod udo!' A chrwydrodd ei lygaid yn herfeiddiol dros y cwsmeriaid eraill. 'Galw fi'n Andy!' bloeddiodd wrth droi'n ôl at Pot, ac eisteddodd yn ddiseremoni mewn cadair wrth ei ochr.

'Cap'n?' galwodd y dyn y tu ôl i'r bar heb dynnu ei olygon oddi ar Andy Liminsky. 'Mae o'n dechrau ar ei anterliwtiau eto!'

Anwybyddwyd ef gan y dyn bach. 'Be wnest ti ddeud oedd d'enw di?' holodd.

'Philip Owen Thomas,' atebodd Pot yn anhapus.

'Wel . . .'

'Pot,' ychwanegodd Ffredi.

'Wel, Phil Pot, mae'n dda gen i gwrdd â chdi. A dwi'n meddwl y byddi di a'th froga'n falch hefyd 'mod i wedi dod ar eich traws. O ble doi di?'

'O Ben Llŷn yng Nghymru.'

'CYMRU! Wow! Roedd fy nghyndeidiau i'n dod o'r Alban. 'Na gyd-ddigwyddiad!'

'Neis iawn,' meddai Ffredi'n ddireidus.

'Dwed rywbeth arall,' a saethai llygaid Andy Liminsky yn ôl ac ymlaen rhwng Pot a Ffredi.

'Y . . . ym . . . be 'dach chi isio i mi ddeud?'

'Na, na, trwy'r broga!'

'Ond . . .'

'Nid blydi . . .' crawciodd Ffredi'n chwyrn.

'Anhygoel! Dwi erioed wedi gweld taflwr llais oedd yn medru siarad ei hun a siarad trwy ei byped yr un pryd!'

Edrychai Pot arno'n ddryslyd, ond atgasedd oedd ar wep Ffredi.

'Gwranda, rŵan. Mae gen i sioe i blant ar y teledu, sioe sy'n cael ei darlledu ar draws Canada gyfan.' Oedodd er mwyn i'r newyddion syfrdanol sgrytian digon ar Pot. 'Fi yw seren y sioe, a fi sy'n ei chynhyrchu. Mi ydw i isio i ti . . .' ac oedodd eto'n bwysig: ' . . . mi ydw i isio i ti ddod AR FY SIOE I! Mi fyddi di'n *hit*! Mi wna i i chdi fod yn enwog dros Ganada benbaladr! Be amdani?'

Edrychai Pot o'i amgylch yn wyllt am gymorth. Roedd pawb wrth y byrddau gyferbyn yn syllu'n oer arno; felly hefyd y dyn y tu ôl i'r bar. Roedd hyd yn oed y ci tegan gwyn oedd yn eistedd ar y bar a chrafat glas am ei wddf a neidr oren yn llochesu rhwng ei glustiau pinc, yn syllu'n wenwynig arno â llygaid du, gloyw. A'n helpo! meddyliai Pot. Ai yn uffern ydw i?

'Be amdani, 'ta?' crafangai llais Liminsky a siglai ei berchennog o'r naill ochr i'r llall ar ei sedd.

'Ond nid taflw' llais ydw i,' esboniodd Pot yn

wangalon, 'mae Ffwedi'n siawad ei hun — go-iawn, wi' y'!'

Dechreuodd pawb o amgylch y byrddau chwerthin yn ddirmygus, gydag un eithriad. Teimlai Ffredi lygaid tywyll dyn oedd yn eistedd ar ei ben ei hun yn ei hoelio yn ei unfan. Dyn mawr browngoch, a'i fol a'i wyneb yn datgan blynyddoedd o orgodi'r cwrw i'w wefusau llawn. Nid oedd wyneb y dyn hwn yn datguddio mymryn o deimlad ond roedd ei lygaid yn fflachio'i ddiddordeb. Roedd ef, o leiaf, yn credu bod Ffredi'n medru siarad.

Ond nid felly Andy Liminsky. 'Wyt ti'n meddwl 'mod i'n hurtyn?' gofynnodd yn gas. Ac yna, heb aros am ymateb Pot, rhuthrodd ymlaen: 'Dwi'n gwbod be sy o'i le — dwyt ti ddim yn credu fod gen i sioe deledu, nag wyt?'

'Y . . .'

'Mi brofa i o i ti!' a chyn pen dim roedd Liminsky wedi codi o'i sedd drwy bwyso i lawr ar freichiau ei gadair a phlygu ei goesau dan ei din, a sefyll wedyn. Camodd yn ffug-urddasol i ben y bwrdd ac, wedi sefyll yn ystumgar am eiliad, plygodd i gael gafael mewn pot *mayonnaise* a chyllell. Ymsythodd eto: 'Y Dyn Salad!' datganodd yn lloerig a dechrau taenu cynnwys hufennog, tew y potyn dros ei gorff â gwibiau beiddgar a medrus o'r llafn — streipiau ar hyd ei freichiau, ei dalcen a'i aeliau, a thalpiau ar ei ysgwyddau a'i fochau.

'Cap'n!' gwaeddodd y dyn y tu ôl i'r bar, a gwnaeth ambell gwsmer arall yr un fath.

Roedd y dyn bach gwyllt yn suo wrtho'i hun erbyn hyn a'i draed yn llusgo'n rhythmig ar wyneb y bwrdd. Yn ddirybudd, gollyngodd y potyn *mayonnaise*, a'i ddal yn gelfydd, ar yr eiliad olaf, ar flaen ei esgid. Yna hyrddiodd y potyn i'r awyr a'i ddal, gyda'r geg agored at i lawr, ar ei ben. Diferai'r hufen yn seimllyd i'w wallt du crychog.

'Ac yn awr,' meddai'n ddramatig, 'yr Arwisgiad!'

Tynnodd y potyn oddi ar ei ben a'i daro'n swnllyd ar y bwrdd, cyn ymaflyd ym mhlât salad gwrthodedig Pot.

'O, na!' griddfanai'r cwsmeriaid o'i gwmpas a syllai Ffredi a Pot yn syn ar Liminsky.

'Philistiaid i gyd, gwaetha'r modd,' esboniodd y dyn bach, 'ond mae chwaeth well gan eu plant, diolch byth.' Dechreuodd lafarganu'n groch:

Dyma fi, y Dyn Salad i chi — '
a stwffiodd radis hirgrwn i'w ffroen chwith
''N gwisgo'n chwim i'ch diddanu!'

Diflannodd olewydden ddu i'r ffroen arall a rhoddwyd tusw bach o wnionod gwyrdd y tu ôl i bob clust. Pentyrrwyd dail letys ar y *mayonnaise* ar ysgwyddau a phen Liminsky a chylchoedd mawr o domatos ar ben y dail. Dechreuodd Liminsky sgipio'n ysgafn o droed i droed a lluchio'r plât hanner gwag o law i law.

Tomatos a letys, nionod a radis
Bitrwt a reis — *'na gymysgfa neis!'*

Gwasgodd lond llaw o gymysgfa reis a swltanas ar ei aeliau a gwasgaru gweddill y saladau mân ar hyd ei freichiau —

India corn melyn a seleri cras,
Twr o salad tatws a chiwcymbyr glas.
A dyma ni, Y Dyn Salad yn barod —
Pob tamaid yn flasus: rhowch i mi glod!'

Ond wrth i'w freichiau ymledu'n llydan i dderbyn

canmoliaeth ei edmygwyr lu, dyma ruad yn ei rewi: 'Liminsky!

Trodd pob pen i gyfeiriad dynes fach gron oedd yn hwylio dros drothwy'r ystafell gefn, ac yna'n ôl yn foddhaus at y dyn bach saladog. 'Mi wyt ti amdani hi rŵan!' meddai rhywun. 'Hen bryd, hefyd!' chwarddodd rhywun arall.

'Pinky!' gwichiodd Andy Liminsky wrtho'i hun, ac yna wrth Pot, 'Bydd rhaid i mi frysio trwy fy act, mae'n ddrwg gen i.'

Dechreuodd gicio'i goesau i'r awyr yn ffyrnig, fel dawnswraig y can-can, gan achosi i wydr cwrw Pot droi drosodd ac i'r llysiau a thalpiau o *mayonnaise* lawio'n soeglyd o'i gwmpas. Daeth llaw annisgwyl o rywle i gipio Ffredi rhag cael ei sathru dan draed yr ynfytyn.

'Liminsky!' sgyrnygodd y ddynes wedi cyrraedd y gyflafan, ei hwyneb, mynwes a'i breichiau'n binc llachar a'i llygaid yn fflachio drwy sbectol fawr, gron. 'Ty'd o 'na, y lembo gwirion!' Heb aros am ymateb, estynnodd am ganol Liminsky a'i hyrddio'n chwyrn ar draws yr ystafell. Roedd Cap'n Pinky ar ei ôl cyn iddo lanio, ac, i fonllefau a chwibanu gwatwarus, gafaelodd yn y dyn bach syn a'i daflu i'r palmant. 'Paid ti â meiddio dod yn ôl am o leia fis!' gwaeddodd yn groch.

Wrth iddi ruthro at y bar i sychu ei dwylo seimllyd ar glwt, roedd y cwsmeriaid yn curo eu dwylo'n uchel: 'Da iawn, Cap'n! Dwn i'm pam 'dach chi'n caniatáu i'r ffŵl 'na ddod i mewn o gwbl!'

Ond nid oedd Cap'n Pinky wedi poeri ei chynddaredd yn llwyr eto. Safai wrth y bar a'i dwylo wedi'u plannu

am ei chanol. 'Pwy sbardunodd y llipryn 'na y tro yma?' gofynnodd.

Trodd pob pen i edrych ar Pot, oedd wedi bod yn eistedd yn ei sedd trwy gydol perfformiad anhygoel seren y teledu fel petai wedi'i sodro yno.

'Chi! Allan!' gwaeddodd y ddynes gron, gan gamu'n fygythiol tuag ato.

Ceisiodd Pot godi o'i sedd yn osgeiddig ond, rhwng effaith y cwrw blas eirin gwlanog a sioc gweithred Liminsky, roedd ei goesau fel jeli ac ni lwyddodd i wneud dim ond llithro i'r llawr. O fewn eiliad roedd yn cael ei lusgo gerfydd coler ei grys, rhwng coesau'r cwsmeriaid eraill, tuag at y drws. Wedi cyrraedd y palmant, edrychodd Pot yn llygatgroes ar Cap'n Pinky.

'Paid ti â meiddio dod yn ôl!' Ac edrychodd hithau dros ei hysgwydd yn fuddugoliaethus ar y cwsmeriaid eraill oedd wedi pentyrru at y drws y tu ôl iddi. Roeddynt yn eu mwynhau eu hunain yn fawr — dau wedi cael eu banio mewn un noson. A oedd hynny'n record? Dechreuasant gymeradwyo wrth i Cap'n Pinky ymwthio rhyngddynt i ddychwelyd at y gêm ddartiau yn yr ystafell gefn. A chydag un olwg ddirmygus arall ar Pot, ar ei hyd ar y palmant, dilynasant eu harwrwraig i wario'u pres ar ddathliad mawr.

Eisteddodd Pot i fyny'n araf a syllu'n bŵl ar ei flerwch. Aeth pobl heibio yn gyflym, yn cynnig dim cymorth iddo ond yn hytrach yn mwmian geiriau hyll ar y meddwyn. Sgrialai ceir heibio, a rhai ohonynt yn canu corn arno.

O, Gwen!

Yna, daeth pâr o goesau allan o ddrws Cap'n Pinky's a sefyll o'i flaen. 'Codwch, gyfaill,' meddai llais dwfn, a gafaelodd llaw gref yn ei fraich a'i godi ar ei draed. 'Dowch, mae'n well i ni fynd am y strydoedd cefn neu mi fydd y glas ar eich ôl a chitha yn y fath stad.'

Tywyswyd Pot yn simsan ar hyd ffordd gysgodol o goediog nes iddynt gyrraedd glannau glaswelltog y gamlas oedd yn llifo'n ddistaw trwy wyll y ddinas. Roedd rhu'r drafnidiaeth wedi pellhau ac roedd canŵ'n cael ei badlo'n hamddenol ar y dŵr.

'Well i chi geisio'ch tacluso'ch hun rŵan,' meddai'r dyn wrth ei ochr ac edrychodd Pot arno yn betrus am y tro cyntaf. Yn yr hanner tywyllwch roedd ei gydymaith yn debyg i arth, gyda chorff llydan a gwallt cedenog yn hongian dan ei ysgwyddau. Ai lleidr ydi o, wedi fy helpu i le tawel cyn mynd ati i ysbeilio? meddyliodd Pot yn ddryslyd. Ond doedd dim ots gan Pot, roedd ei fywyd yn gawdel 'ta beth, a dechreuodd bigo mân dameidiau o fwyd oddi ar ei ddillad. Ni allai wneud unrhyw beth ynglŷn â'r cwrw a brithiadau *mayonnaise* oedd yn staenio'i drowsus. Edrychodd i lawr ar ei goesau, yn ei ffieiddio'i hun.

Gwthiwyd hances boced i'w law. 'Wnaethoch chi ddim anghofio rhywbeth yn ôl yn y dafarn 'na?' gofynnodd y dyn wrth ei ochr.

'Ffredi!' griddfanodd Pot, gan suddo ei wyneb i'w ddwylo.

'Popeth yn iawn, mae Omacáci gen i.'

'Pwy?'

'Omacáci. Dyna'r enw ar froga yn 'y nhylwyth i. Yr ail greadur i gael ei greu gan Omamama, yn ôl ein cyndadau. Ond dydi o ddim yn edrych ar hyn o bryd fel un sy â phwerau hudol dros drychfilod, nag ydi?'

'Ydi o'n iawn?' gofynnodd Pot yn bryderus wrth edrych ar Ffredi'n dalp llipa yn llaw lydan yr Indiad.

'Ydi. Cysgu mae o, fel y dylsech chi wneud ar ôl yr holl gwrw a'r cynnwrf 'na. Dave Talltree yw f'enw i, gyda llaw, o'r Llyn Tywodlyd, Gogledd Ontario'n wreiddiol.'

'Philip Owen Thomas, ond mae fy ffrindiau'n 'y ngalw i'n Pot. O Ben Llŷn, ac yn ysu am gael bod yn ôl yno.'

Dyma'r ddau yn ysgwyd llaw a mynnodd Dave Talltree gerdded gyda Pot at y Chateau Laurier am nad oedd y Cymro wedi llawn ddod ato'i hun eto. Wrth fynd, adroddai Pot sut y daeth ef a Ffredi i Ganada a'r gyfres o ddigwyddiadau oedd wedi eu hebrwng i Ottawa a thafarn Cap'n Pinky.

'Mae'n swnio i mi fel bod yr holl bres 'na wedi troi'n faich arnoch chi'ch dau,' awgrymodd yr Indiad wrth iddynt sefyll o'r diwedd y tu allan i'r gwesty crand.

'Eitha reit,' cytunodd Pot. ''Runig beth ydw i isio erbyn hyn ydi cael Bobi a Gethin yn rhydd ac yna ffŵl sbîd yn ôl adra. Ond dydi'r plismyn ddim cam ymhellach ymlaen gyda'u hymchwiliadau.' Ochneidiodd Pot yn ddiobaith.

'Gwrandwch,' meddai'r Indiad. 'Os na fedr y glas ddarganfod eich ffrindiau, mi ddylech chi drio rhywbeth arall. 'Dach chi'n cytuno?'

'Ydw, wrth gwrs. Ond be?'

'Ewch i Moosonee. Mae 'na weledydd yno, un sy'n enwog ymysg fy holl bobl, y Crî. Mi fydd o'n medru eich helpu chi, os myn. Bydd rhaid i Omacáci fynd efo chi — mi ddylsai broga sy'n siarad fod yn ddigon o abwyd i ennill diddordeb . . .' a pheidiodd yr Indiad yn sydyn.

'Be 'di 'i enw o?' gofynnodd Pot yn gynhyrfus.

'O na,' chwarddodd y llall. 'Ewch chi i Moosonee.

Gofynnwch am y gweledydd. Os bydd o isio siarad â chi mi fydd o'n ei gyflwyno ei hun. Nos da, gyfaill, a phob lwc!'

XI

Siwrnai hir — dros saith can milltir — oedd hi o Ottawa
i Moosonee. Roedd Pot wedi rhentu car yn gynnar y bore
canlynol ac, er ei gur pen a'i stumog anhapus, gadawodd
Ottawa ar frys ar hyd priffordd 17, heb adael i'r
awdurdodau wybod lle'r oeddynt yn mynd. Roedd hi'n
ddiwrnod poeth, mwll wrth i'r ffordd ddolennu trwy
ddyffryn Afon Ottawa, ac o fewn hanner awr roedd
Ffredi'n cwrcydu ar sil y ffenest gefn, yn cwyno am y
gwres.

'Mi ddylsat ti fod wedi llogi car efo system awyru, tebyg
i'r un oedd gen i yn Toronto. Pam na wnest ti?'

Meddyliodd Pot yn chwyrn am y car hwnnw — ei
liwiau llachar arwynebol a'i ddyfeisiadau diwerth yn brolio
cyfoeth ofer ei berchennog, ei awydd i fodloni pob
mympwy dwl trwy wario'n wamal a gwastraffus. Ond
ymataliodd rhag rhoi ateb cas wrth gofio'i hunanfaldod
ei hun. Agorodd ffenest, gan obeithio y byddai cyflymdra'r
car yn oeri'r awyr rywsut, ond roedd yr aer a wthiai i
mewn fel dwrn tanbaid, ffyrnig.

'Cau'r blydi ffenast 'na, wnei di!'

Enciliodd Ffredi, dan fwmian yn bwdlyd, i'w declyn
teithio. O fewn eiliadau roedd yn achwyn eto: 'Dydi'r peth
'ma ddim yn gweithio! Mae'r dŵr yn rhy gynnas. Mi
wnest ti anghofio prynu batri newydd, yn do?'

'Cau hi!' sgyrnygodd Pot, ond wedi cyrraedd tref
Pembroke, gan milltir o Ottawa, stopiodd y car i brynu

batri — a chyflenwad o aspirin hefyd. O fewn ychydig, roeddynt ill dau yn teimlo'n fwy cysurus ac aethant ymlaen â'u taith: Petawawa, Chalk River, Deep River, Deux Rivières — yr enwau Indiaidd, Saesneg a Ffrangeg yn awgrymu rhywfaint o hanes ymsefydlu'r dyffryn, gyda'r enwau Saesneg yn meddiannu'r canol a'r enwau eraill wedi eu gwthio i'r ymylon.

Roedd pob pentref a basiwyd â chaeau india corn yn tyfu'n gryf ynddynt ac ambell yrr o wartheg Ffrisian yn edwino yn y gwres — dim defaid yn unman, sylwodd Pot. Ac yn amgylchynu caeau'r pentrefi ac yn ymledu'n ddidor rhyngddynt, roedd y goedwig. Weithiau, cafwyd cipolwg sydyn ar Afon Ottawa trwy fylchau yn y boncyffion ar y dde ond i'r chwith nid oedd dim ond coed yn llethu popeth wrth iddynt ymestyn dros wastadeddau a bryncynnau, yn sbriws tywyll a balsam a llarwydd gwyrddach, ac ambell fasarnen a bedwen goeswyn yn eu mysg. Wrth basio cornel ogleddol Parc Cenedlaethol Algonquin, gwelodd Ffredi a Pot arth ddu a phâr o eirth bach yn ymbalfalu'n bwysfawr ar ysgwydd galed y ffordd, ac ychydig wedyn saethodd carw ar eu traws. Yr unig arwydd arall o bresenoldeb anifeiliaid oedd cyrff y drewgwn oedd wedi cael eu torri'n fân ar y ffordd gan deiars ceir, gan adael eu gwynt hynod-gas, fel dialedd, i dagu pawb a basiai wedyn.

Wedi cyrraedd North Bay ychydig wedi un o'r gloch y prynhawn, arhosodd Pot am bryd cyflym o fwyd cyn troi trwyn y car am y gogledd ar hyd priffordd 11. Yna trwy Barc Cadwraeth Nipissing a heibio i fraich hir ddwyreiniol Llyn Timagami cyn cyrraedd gwastadeddau bras Haileyburg a New Liskeard, eu caeau anferth yn llawn gwartheg godro yn swatio'n dawel yn haul poeth y prynhawn. Ymhen ychydig roeddynt yn cyrraedd tirlun gwyllt eto — myrdd o lynnoedd bach yng nghanol y fforestydd a bysedd y blaidd glas yn rhesi ar ymyl y ffordd. Trwy Englehart, a'r awyr yn llawn drewdod sur y gweithfeydd malu a mwydo coed i wneud papur; heibio i'r tro am Kirkland Lake a'i mwyngloddiau aur.

Erbyn hyn, roedd y cefndeuddwr wedi'i basio a phob nant ac afon yn rhuthro i'r un cyfeiriad gogleddol â'r car. Roedd mwy o sioncrwydd yn eu llifeiriant nag oedd gan Pot, a chyrhaeddodd Cochrane wedi ymlâdd ar ôl bron i bum can milltir o yrru. Trodd i mewn i le parcio motel y Northern Lites, dan lun mawr o arth wen ar ochr twr dwr y dref, ond ni welodd ef na Ffredi Oleuni'r Gogledd y noson honno!

Roedd yn fore oerach nag yr oeddynt wedi arfer ag o ers dod i Ganada pan esgynnodd Ffredi a Pot i drên Moosonee am chwarter wedi wyth. Trên cymysg oedd hwn, y rhan fwyaf ohono yn cario peiriannau a nwyddau o bob math i'r cymunedau bach ar hyd lein y rheilffordd, a dau gerbyd yn unig i deithwyr.

Lluchiodd Pot ei hun i sedd wag a gwichiodd Ffredi ei brotest o du mewn y cas teithio. Deffrôdd plentyn browngoch oedd wedi bod yn hepian, a rhythu'n llawn diddordeb ar Pot. Roedd bocs Crackerjack yn agored yn llaw'r plentyn a'r cnau mwnci a resins trioglyd wedi diferu ar hyd ei grys-T. Gwenodd ei fam yn gynnil ar Pot. Gwenodd Pot yn ôl yn ansicr cyn edrych o'i gwmpas. Roedd y cerbyd yn llawn o bobl, rhai ohonynt yn amlwg yn dwristiaid mewn trowsusau bach Bermuda llachar a chamerâu'n hongian am eu gyddfau, eraill yn Indiaid a'r gweddill yn gymysgedd o helwyr mewn siacedi brithwe a dynion mewn lifrai Awyrlu Canada. Wrth i'r trên ymlusgo ymlaen, daeth sŵn udo fel blaidd o rywle a chododd Indiad a diflannu i'r cerbyd nwyddau y tu ôl i Pot i roi taw ar ei gi.

Preblan oedd y twristiaid wrth iddynt amneidio'n gyffrous ar yr hyn a welent trwy'r ffenestri — ar faes awyr Cochrane ger Llyn Lillabelle lle'r oedd awyren yn glanio'n osgeiddig ar y dŵr; ar ddyfroedd melynfrown Afon Abitibi; ar argaeau; ar weithfeydd papur a thrydan a ymddangosai'n ddirybudd yng nghanol diffeithwch y goedwig. Ond nid felly'r Indiaid. Roeddynt hwy'n dychwelyd o daith siopa i Toronto ac wedi teithio drwy gydol y nos yn barod. Roedd y rhan fwyaf ohonynt, felly, yn cysgu yng nghanol eu nwyddau, a'r rhai effro yn ymlacio wrth wrando ar *ghetto blasters* newydd, yn byseddu gitâr, neu fân siarad yn bytiog. Roedd un mwy egnïol â bwrdd sgwâr ar ei liniau yn naddu anifeiliaid bach o garreg feddal ac yn anfon ei fab ifanc i werthu'r cerfluniau i'r twristiaid.

Wedi oedi yn Fraserdale, sef pen y ffordd fwyaf ogleddol yn yr ardal, ymbalfalai'r rheilffordd ymlaen trwy fforest a chors. Agorodd y ddynes oedd yn eistedd gyferbyn â Pot ei bag a thynnu allan ddarnau o ledr melyn, meddal. Dechreuodd wnïo gleiniau bach lliwgar i'r lledr.

'Dyna waith prydferth,' cynigiodd Pot, gan geisio cychwyn sgwrs.

'Croen mŵs,' atebodd y ddynes. 'Mae'n well gen i bigau porciwpein fel addurn, ond mae'n well ganddyn nhw,' a nodiodd ei phen i gyfeiriad y twristiaid, 'y tacla bach llachar 'ma. Mi ydan ni'n eu gwerthu nhw i'r ymwelwyr ym Moosonee — wedi'u gwneud yn sgidia, ran fwya. Weithia menig.' Cynigiodd ei gwaith i Pot gael edrych ar y blodyn glas yn ffurfio'n gywrain.

'Oes 'na lawar o fŵs y ffordd 'ma?'

'O, oes,' chwarddodd y ddynes. Edrychodd draw at ei gŵr — dyn bach efo het big ledr a sbectol wedi llithro i lawr ei drwyn. Roedd yn cysgu'n drwm. 'Mae 'ngŵr i'n arbenigwr ar alw mŵs — mae'n rhaid iddo fo fod, a'i lygaid mor sâl.'

'Sut mae'n galw mŵs?' Roedd Ffredi wedi deffro a gwthio ei ben allan o'i focs teithio. Rhythodd y ddynes a'i mab ifanc arno. Ar ôl saib, dywedodd y ddynes — ac roedd yn glir mai siarad â Ffredi yr oedd hi — 'Mae'n gwneud utgorn o risgl bedw ac yn chwythu trwyddo, gan gopïo rhu'r mŵs. Weithia, mae'n stompio'r utgorn yn y dŵr gan wneud sŵn fel mŵs yn cerdded trwy gors ac weithia mae'n tywallt dŵr i efelychu mŵs benywaidd yn piso. Drychwch. Dyna orsaf radar yr Awyrlu.' Amneidiodd trwy'r ffenestr ar gromennau uchel, gwyn yn codi o'r fforest. Setlodd yn ôl yn ei sedd wrth i'r trên aros i ollwng dynion yr Awyrlu, a dechreuodd wnïo eto.

'Can milltir i fynd,' meddai'r ddynes wrth neb yn arbennig wrth i'r trên ysgytio ymlaen, a dechreuodd ei mab fwmian canu i Ffredi. Toc, deffrôdd ei dad, rhedeg ei fysedd trwy wallt ei fab, ac ymestyn am gitâr. Ymunodd ei lais â llais y bachgen mewn jig araf:

Ashi mi naw
ishi na gon
Wibatsi betsicii weyen
Ga cishi ne eta aaw cia —

'Mae'n sgit ar ganu a chwara'r gitâr hefyd,' plygodd

Pot ymlaen i ddweud wrth y ddynes. Nodiodd hi ei hateb yn hapus.

Ashi mi naw
Ga woketen
Ga cishi gescëen temen.

Gyda'r cord olaf, tarodd y dyn gorff ei gitâr fel tabwrdd ac yna estyn ei law i Pot. 'Hei! George Foureyes ydw i.' Gwthiodd ei sbectol i fyny ar ei drwyn llydan i esbonio'r cyfenw od. 'Dwi wedi bod yn eu gwisgo nhw ers cyn cof. 'Dach chi wedi cwrdd â'r wraig, mae'n siŵr. Un siaradus ydi hi — wedi bod yn ysgol y gwynion yn y de am sbelan, dyna pam! Llais da gan yr hogyn, on'd oes? Be sy, Meri?' Roedd ei wraig yn pwnio'i ystlys â'i phenelin ond aeth y llifeiriant geiriol ymlaen: 'Yma am yr hela 'dach chi?'

'Y, na, rydan ni'n chwilio . . .'

'Hela da yn ardal y Bae, wyddoch chi. Digonedd o wyddau a hwyaid, eirth, ceirw a mŵs. Er, heblaw am lygaid y wraig 'ma, fyswn i ddim yn saethu dim byd — hi ydi fy sbienddrych i, yntê Meri?'

''Dach chi'n hela'n aml?' gofynnodd Ffredi gyda diddordeb, fel un heliwr wrth un arall.

Oedodd George Foureyes a syllu'n ofalus trwy ei sbectol ar y broga. Sibrydodd ei wraig rywbeth yn ei glust ac edrychodd ei fab i fyny arno. Yna, dywedodd yn foneddigaidd, 'Croeso i chi, Athic. Mae storïau'r cyndadau'n sôn am amser pan oedd yr anifeiliaid yn siarad ar goedd â ni, a dyma'r amser hwnnw wedi dod yn ôl!'

'Mi ydw i isio siarad efo'ch gweledydd. Mae fy ffrind, Gethin, wedi cael ei gipio. 'Dach chi'n nabod y gweledydd 'ma?' gofynnodd Ffredi'n swta.

Edrychodd y gŵr a'i wraig ar ei gilydd. 'Nid ein busnes ni ydi hwnna,' atebodd George Foureyes yn ddigon moesgar, ond yna setlodd yn ôl yn ei sedd a honni cysgu. Trodd ei wraig yn ôl at ei gwnïo. Cododd Pot ei aeliau'n anobeithiol ar y broga annoeth.

Aeth y trên ymlaen linc-di-lonc, gan stopio bob hyn a hyn i ollwng unigolion a nwyddau — hyd yn oed mewn llefydd nad oedd dim i'w weld ynddynt. Croeswyd afonydd oedd yn ymuno ag Afon Abitibi cyn troi oddi ar lannau serth yr afon i hyrddio trwy ddiffeithwch y goedwig. Coed wedi'u crablu gan rew parhaol dan wyneb y pridd: diffeithwch go-iawn oedd yn codi arswyd ar Pot. Iesgob! 'Na le i fyw!

Roedd yn falch pan ailymunodd lein y rheilffordd ag afon — Afon Mŵs y tro yma — a hanner munud yn ddiweddarach arafai'r trên wrth gyrraedd Moosonee.

'Gobeithio cawn ni gwarfod eto,' meddai Pot wrth y teulu Indiaidd oedd yn prysuro i ffwrdd.

'Ella,' atebodd George Foureyes, yn ddigon cwrtais, dros ei ysgwydd, ond heb gynnig anogaeth o unrhyw fath.

Stompiai coesau brown yr ymwelwyr allan yn eu bwtias trwm a sandalau tenau i gân isel croeso'r mosgitos. Roedd yr awel yn brathu'n finiog ar ôl myllni'r trên, a chodai croen gŵydd ar freichiau a choesau noeth yr ymwelwyr. Dechreuasant bwnio'r awyr rhag y mosgitos a gwyro eu pennau rhag y pryfaid-carw mawr, newynog.

'Hy, 'ma dwll o le!' crawciodd Ffredi.

XII

Roedd Pot yn tueddu i gytuno â Ffredi. Ar ôl y dinasoedd slic, trefnus roeddynt wedi dod i arfer â nhw yn y de, roedd Moosonee yn flêr a chyntefig yr olwg. Y ffyrdd yn welyau cnapiog o siâl melynddu a boerai lwch a graean wrth i hen dryciau rhydlyd sgrialu heibio. I ble'r oeddynt yn mynd? meddyliodd Pot; roedd y daflen a gawsant wrth esgyn i'r trên wedi dweud nad oedd dim ond ychydig filltiroedd o ffyrdd ym Moosonee, a'r ffordd go-iawn agosaf ryw gant a hanner o filltiroedd i'r de.

A'r tai 'ma! Adeiladau syml â thoeau papur-tar, a phreniau'r waliau wedi'u cannu gan effeithiau tymhorol yr haul a'r rhew bob yn ail.

Edrychai ar draws y ffordd siâl gul. Yn dynn wrth ei hochr, ac yn ei meddiannu yn ambell le, roedd y goedwig bîn. Du ddychrynllyd oedd y coed trwchus, fel petai trydan yr haul wedi cael ei ddiffodd yn sydyn yno. Roedd y gwreiddiau, wedi'u gyrru i'r wyneb gan y rhew parhaol anweledig, yn crafangu'r pridd garw'n filain, ond eto roedd llawer o'r coed yn gogwyddo ar onglau anghysurus neu'n gwyro i'r llawr yn flinedig. Golygfa drist, a pheryglus yr un pryd, a chrynodd Pot yn annifyr. Gallai dyn gael ei draflyncu gan y pygddüwch yma!

Yn ddirybudd, roedd pwniad yn ei ochr a llais yn ei ddwrdio: 'Be gebyst sy arnoch chi? Mi ddylsach edrych lle 'dach chi'n mynd!'

Dechreuodd Pot droi'n ymosodol. 'Ro'n i'n sefyll yn

stond! Chi wnaeth gerdded i mewn i mi!' Ond wrth droi, gwelodd George Foureyes, ei sbectol yn fflachio'n ddireidus yn yr haul. 'Chi sy 'na? Sori, o'n i'n bell i ffwrdd,' a gwenodd ar y dyn bach.

'Philip Owen Thomas, dwi'n falch o'ch cyfarfod am yr ail dro,' ac ysgydwodd law Pot yn fywiog.

'Ai chi ydi gweledydd Moosonee?' gofynnodd Pot yn ddryslyd. Roedd yn ymwybodol o'r ffaith nad oedd o wedi cynnig ei enw i neb ar y trên.

'Y fi! Naci, siŵr iawn! Dwi'n cael digon o drafferth i weld y byd yma, heb sôn am y byd arall,' a gwthiodd ei sbectol i fyny ar ei drwyn unwaith eto.

'Ond sut . . . ?'

'Es i'n syth i weld "yr hen ddynion" ar ôl cyrraedd adra, ac mi oedd neges sî-bî, gan Dave Talltree, wedi dod ddoe. Roedd yn gofyn i ni gymryd gofal ohonoch chi — dim pwera dirgel wedi'r cyfan, ylwch!'

'Pryd gawn ni gwrdd â'r gweledydd 'ma, felly?' crawciodd Ffredi'n ddiamynedd. Roedd o wedi cael digon o'r sefyll o gwmpas 'ma a phendwmpian ar yr anialwch coed.

'Gan bwyll,' meddai'r Indiad bach yn ddwys, 'mi fydd *o*'n penderfynu os a lle i gwrdd â chi, Athic.'

'Be wnaethoch chi alw Ffredi? Roedd Dave Talltree yn ei alw'n . . .' ond roedd Pot wedi anghofio'r enw.

'Omacáci,' crawciodd Ffredi'n hapusach. Roedd yn dechrau mwynhau'r enwau urddasol oedd gan yr Indiaid amdano.

'Ia, wrth gwrs. Llwyth cymysg ydi Crîaid Llyn Tywodlyd. Gair iaith yr Ojibwa am froga ydi Omacáci,' esboniodd George Foureyes. 'Dowch, 'dach chi isio i mi ddangos Moosonee i chi?'

Heb aros am eu hymateb, rhuthrodd i ffwrdd, Pot a Ffredi'n llusgo ar ei ôl. Ond wedi mynd ryw ganllath diflannodd George i mewn i Siop Diod Gadarn Ontario. Roedd Pot wedi clywed sôn dirmygus y Canadiaid gwyn am 'yr Indiad meddw' ac arhosodd y tu allan i'r siop mewn penbleth.

Torrodd Ffredi ar ei feddyliau amheus: 'Pot, wyt ti wedi sylwi ar y goeden acw?'

Drws nesaf i Siop y Ddiod Gadarn roedd gorsaf Heddlu Taleithiol Ontario ac o'i blaen tyfai masarnen gadarn fry i'r awyr las.

'Neis iawn,' mwmiodd Pot yn ddi-hid.

'Ond sut mae hi'n tyfu yma? Cymhara hi â'r petha crebachlyd 'na sy'n tyfu yn y goedwig!'

Cyn i Pot gael siawns i gynnig ateb, gwthiwyd potel mewn bag papur brown i'w law. 'Ella bydd angen hon arnoch chi nes ymlaen — peidiwch â'i hagor hi.' Yna dywedodd y dyn bach wrth Ffredi, ''Dach chi wedi sylwi ar ein masarnen, felly? 'Runig goeden o'i math o fewn tri chan milltir!' Ac wrth iddo annog Pot a Ffredi ymlaen, traethodd hanes y goeden unigryw hon.

Pum mlynedd ar hugain yn ôl roedd heddwas ifanc o Heddlu Taleithiol Ontario wedi cael ei anfon i Moosonee am gyfnod o dair blynedd. O fewn wythnos iddo gyrraedd, roedd yr heddwas yn anhapus; o fewn mis roedd am ei ladd ei hun.

''Dach chi'n gweld, roedd o wedi byw yng nghanol Toronto trwy gydol ei fywyd a heb brofiad o gwbl o fyw mewn lle di-nod — di-nod iddo fo, hynny yw — a'r

97

coedwigoedd yn cau amdano fo. Roedd ei hiraeth yn ei nychu. Ac mi ydan ni'r Crî yn dallt hiraeth yn iawn. Mae hyd yn oed un diwrnod o daith siopa yn y de, ymysg y gwynion, yn 'y nghrebachu i — drycha pa mor fach ydw i wedi mynd!'

Ac felly roedd Crîaid Moosonee wedi penderfynu gwneud rhywbeth i leddfu poen calon yr heddwas. Aeth arweinyddion y gymuned i dŷ unig yr heddwas, a phawb wedi'i arfogi â photel o chwisgi rhyg. Yn y seiat lyshio'r noson honno, daeth yn amlwg pa beth oedd yn crisialu mwynder hudol y de ym mryd yr heddwas, a'r bore trannoeth, ac yntau'n dal i gysgu'n drwm dan effeithiau'r noson ar ôl y ffair, dechreuodd yr Indiaid dorri twll mawr o flaen gorsaf yr heddlu. Wedi cyrraedd y rhew parhaol, defnyddiwyd ffrwydron nes bod y twll yr un mor ddwfn ag yr oedd ar draws ac ar led. Yn y twll hwn, adeiladwyd bocs concrid anferth, a'i waliau'n rhwydwaith o wifrau trydan a gwresogyddion. Mewnforiwyd tunelli o bridd da o diroedd eirin gwlanog a grawnwin penrhyn Niagara. Prynwyd peiriant cynhyrchu newydd i roi cyflenwad trydan i'r bocs. Yna, yn yr hydref, cyrhaeddodd glasbren tair oed o Toronto. Rhoddwyd rhaw yn llaw'r heddwas ifanc a phlannwyd y fasarnen yn seremonïol.

'Ond pwy wnaeth dalu am yr holl halibalŵ 'ma?' gofynnodd Ffredi.

'Ni. Roedd y fasnach ffwr yn talu'n dda bryd hynny.'

'Ond er ei fwyn *o* oedd y ffwdan i gyd! Pam na wnaeth *o* dalu? Mi allsech chi wario'ch pres arnoch chi eich hunain wedyn.'

'Mae'ch ffrind yn siarad fel dyn cyfoethog. Piti.' Nid oedd yr Indiad am amharchu'r Athic i'w wyneb, felly cyfeiriodd ei sylw at Pot. Yna, aeth ymlaen, 'Y peth od oedd nad oedd angen y fasarnen ar Vince erbyn hynny: roedd o wedi gweithio ochr yn ochr â ni a dod yn hollol hapus ei fyd. Mi ymddiswyddodd o'r heddlu ar derfyn ei gyfnod o ddyletswydd yma, a phriodi cyfnither i mi. Mae'n dal yma. Felly, ni sy wedi elwa wedi'r cyfan, ylwch.'

'Hy!'

Anwybyddodd George Foureyes ebychiad sur Ffredi. 'Rydan ni'n arfer codi pabell blastig dros y goeden bob gaeaf rhag y gwyntoedd a'r oerni — weithiau mi gawn ni bedwar ugain gradd o rew yma! Dowch i gyfarfod â Vince; mae o a'i wraig yn cadw'r gwesty lle byddwch chi'n aros.'

'Ond dydan ni ddim wedi bwcio . . .' dechreuodd Pot.

'Popeth wedi'i drefnu ers ddoe. Dowch.'

Wedi pryd o fwyd yn y Polar Bear Lodge — llwyddodd Ffredi i ddal un o'r pryfaid carw mawr yn yr ardd gefn, a dod yn well ei dymer o'r herwydd — mynnai George Foureyes fynd â nhw ar wibdaith o gwmpas Moosonee. I amgueddfa'r brodyr Revillon lle arddangosid creiriau'r helwyr ffwr Ffrengig; i siop Cwmni Bae Hudson oedd wedi disodli'r Ffrancwyr ar ôl blynyddoedd o frwydro a chipio bob yn ail y fasnach ffwr â'r Crî; i'r eglwysi gwahanol oedd yn dal i frwydro ymysg ei gilydd i ennill calonnau'r Indiaid.

'Oes 'na ddim byd yma amdanoch chi'r Crî?' gofynnodd Pot mewn penbleth wrth iddynt adael yr Eglwys Gadeiriol Babyddol â'i phig ariannaidd uchel. 'Mae popeth i'w weld yn sôn am yr estroniaid sy wedi dod yma! Mae fel bod adra yng Ngwynedd — ni'r

Cymry'n fwyafrif ac eto mae'r hyn sy'n cael ei gynnig i ymwelwyr yn hollol estron ei wyneb — clybia hwylio Seisnig, cestyll brenhinoedd Ffrengig... Ffawd cenhedloedd bychain, mae'n debyg,' gorffennodd Pot yn hunandosturiol.

Gwenodd George Foureyes arno'n gynnil. 'Dim ots am yr wyneb, y galon sy'n bwysig. Dowch, mi awn ni adra ac mi gewch gyfarfod â'r teulu cyfan.'

Roedd lein ddillad lawn wrth ochr y tŷ isel, a daeth hiraeth annisgwyl i galon Pot wrth eu gweld yn chwipio yn y gwynt. Roedd y lawnt fusgrell o flaen y tŷ yn ferw gwyllt o blant a chŵn yn rholio a chwerthin a chyfarth ar ei gilydd. Peidiodd y chwarae am funud er mwyn croesawu Pot a Ffredi, ac yna ailddechreuodd yn afreolus. Wrth yr ochr bellaf roedd tipi, ei ffyn plethedig wedi'u gorchuddio gan grwyn a tharpolenau, a mwg tenau yn codi o'r twll yn ei ben uchaf. Safai hanner dwsin o ymwelwyr y tu allan iddo, yn tynnu lluniau ohono.

'Mae'r wraig wedi bod yn brysur, dwi'n gweld!' meddai George Foureyes, gan wthio'i ffordd trwy'r ymwelwyr. 'Bydd rhaid plygu i ddod i mewn,' ac aeth ar ei bedwar a chropian trwy'r agoriad bach.

Oddi mewn, roedd twr o bobl wedi ymgynnull o gwmpas tân eirias a'r awyr yn llawn fflachiadau camerâu yr ymwelwyr cyffrous. Gwrthrych y lluniau oedd gwraig George Foureyes a'i ferch hynaf, yn brysur yn rhostio gwyddau a bara Indiaidd ar bolion o flaen y tân. Y munud yr oedd y bwyd yn barod, roedd y gwragedd yn ei drosglwyddo i fab-yng-nghyfraith George, oedd yn ei dorri yn gelfydd-gyflym a'i rannu ymhlith yr ymwelwyr. Gwrthododd dâl gan yr ymwelwyr — nid achos i wneud pres oedd rhannu bwyd â gwesteion — ond efallai yr hoffen nhw brynu'r crefftau oedd yn cael eu harddangos gan y plant y tu allan . . ?

Daeth glafoer i geg Pot, ac ymhen dim roedd yn ei gwrcwd gyda'r teulu yn blasu'r cig a'r bara, cras y tu allan a meddal-felys y tu mewn. Rhwng cegeidiau, ochneidiai'n llon.

'Ond be amdana i?' cwynodd Ffredi.

'Peidiwch â phoeni, Athic!' a galwodd George ar ei blant i ddal pryfaid i'r broga. Cynyddodd yr hwyl y tu allan i'r tipi a daeth cyflenwad hael o drychfilod i Ffredi fesul tipyn. Cynyddai sŵn a fflachiadau camerâu y tu mewn i'r tipi hefyd — roedd taflwr llais — un enwog bid siŵr! — a broga'n bwydo yn wrthrychau amlwg i'w recordio am byth!

Ychydig wedi saith, dechreuodd y twristiaid ymadael i ddal y trên wyth yn ôl i'w byd mawr nhw. Prynu prysur ar y crefftau a ffosiliau, ysgwyd llaw egnïol, a llwch eu camau cyflym i ffwrdd yn setlo'n araf.

'Diwrnod da,' meddai George Foureyes wrth orffen cyfri'r doleri o werthiannau'r teulu.

'Rhowch,' meddai'i wraig, gan gipio'r pres oddi wrtho â gwên.

'Dowch,' meddai George yn ddirwgnach, a cherddodd Pot a Ffredi a'r Indiad bach at y Polar Bear Lodge trwy wyll y strydoedd tawel.

'Mi fyswn i'n deud bod gynnoch chi'r Crî galonna iach,' dywedodd Pot wrth godi llaw ar George Foureyes.

'Be 'di'r ganolfan ymwelwyr fondigrybwyll 'ma mae o'n mynnu i ni fynd iddi hi heno?' gofynnodd Ffredi.

XIII

'Un tro, ymhell cyn creadigaeth yr Anisinabec gan y Fam Ddaear, penderfynodd Wisacêjac, yr Indiad goruwchnaturiol, hela'r Afanc Mawr. Roedd yr Afanc Mawr yn byw mewn plas anferth yr oedd wedi'i wneud o lasbrennau'r poplis, bedw coeswyn a'r gwern. Roedd wedi llenwi'r bylchau rhwng y prennau gyda mwsogl a llaid wedi'u cymysgu â hesg, fel bod ganddo dŷ clyd i'w deulu.

'Y tu ôl i'w dŷ a'i argae roedd corstir dwfn, du lle na thrigai dim anifail. Ond roedd y lle wrth fodd calon yr Afanc Mawr a'i deulu — rhodd Omamama iddynt ydoedd.

'Daeth Wisacêjac i lan y corstir a chwrcydu i lawr i aros i'r Afanc Mawr ddod allan o'i gartref. Roedd ei waywffon yn ei law yn barod. Arhosodd yn ei unfan trwy'r dydd, ond gyda'r machlud roedd rhaid iddo godi oherwydd y poenau yn ei goesau. Clywodd lais yr Afanc Mawr yn galw arno, "Rydw i wedi bod yn gwledda ar risgl iraidd y coed ac yn cymharu â'm gwraig trwy'r dydd, Wisacêjac, a chitha wedi bod yn eich plyg yna'n hel cry' cymala!" Digiodd Wisacêjac cymaint fel y taflodd ei waywffon i'r dŵr du a hercian adref yn drist.

'Yn gynnar y bore wedyn roedd yn ei ôl ar lan y corstir gyda changhennau deiliog wedi'u gweu i'w ddillad i'w guddio rhag llygaid yr Afanc Mawr. Cwrcydodd i lawr, gyda'i fwa a'i saethau yn barod yn ei law y tro hwn. Dim sŵn. Dim symud. Ddim hyd yn oed grych awel ar wyneb y dŵr du. Caeodd llygad chwith Wisacêjac. Yna'r llygad dde.

'Pan oedd yr haul ar ei anterth yn yr wybren, daeth yr Afanc Mawr allan o'i blas a syllu ar Wisacêjac yn cysgu ac yn chwyrnu. Nofiodd yn ddistaw ar draws y dŵr du ac ymlusgo i'r lan. Cropiodd y tu ôl i Wisacêjac a, chydag un trawiad o'i gynffon lydan, lluchiodd yr Indiad goruwchnaturiol a'i fwa a'i saethau i'r dŵr!

'Pan ailymddangosodd Wisacêjac, yn llaid ansawrus o'i gorun i'w sawdl, gwelodd yr Afanc Mawr yn chwerthin am ei ben ar gopa ei blasty. Estynnodd am ei fwa a'i saethau ond roeddynt wedi dilyn ei waywffon i ddyfnderoedd y corstir. Aeth adref yn ei ddagrau.

'Y bore canlynol, daeth Wisacêjac yn ôl a phastwn anferth yn ei law. Aeth yn syth at dŷ'r Afanc Mawr a dechrau pigo'r mwsogl rhwng y boncyffion i ffwrdd. Wedi creu twll, syllodd i mewn ar yr Afanc Mawr a'i deulu a gweiddi'n ffyrnig, "Diwrnod dial ydi heddiw. 'Sdim ots gen i am eich dal mwyach, ond mi ddifetha i eich cartre'n llwyr!"

'Trawodd y prennau â'i bastwn nes sbonciai sglodion ohonynt. Gwthiodd ei bastwn rhwng y boncyffion a'u trosoli'n rhydd; gafaelodd yn y boncyffion a'u tynnu i ffwrdd, un ar ôl y llall. Llifodd dŵr y corstir i mewn i dŷ yr Afanc Mawr, a phistyllu i'r tir sych yr ochr draw iddo. Ond ni hidiai Wisacêjac, mor fawr oedd ei gynddaredd. Ag un trawiad erchyll o'i bastwn, torrodd dwll llydan yn argae ei elyn a llifodd y dŵr du trwodd yn ddireol.

'Yna, sylwodd Wisacêjac nad oedd lefel y dŵr yn y

corstir yn gostwng o gwbl, yn wir, roedd yn codi'n frawychus o gyflym. "Be ydw i wedi'i neud?" gwaeddodd ar yr Afanc Mawr oedd yn nofio i ffwrdd i ben pella'r rhostir.

' "Rhyddhau dyfroedd dyfnderoedd y ddaear wnaethoch chi. Roeddynt yn saff y tu ôl i fy argae, ond rŵan bydd y byd i gyd yn cael ei foddi gan eich camwri, Wisacêjac!"

'Syllodd Wisacêjac yn ddiobaith ar gerentydd a throbyllau'r dŵr yn ymledu, ymledu — ond nid yn ofer yr enwyd ef yr un cyfrwys. Gan ddefnyddio'i holl nerth, rhwygodd goed cyfan o'r pridd a'u clymu at ei gilydd â cheinciau ystwyth yr helyg i ffurfio rafft mawr. A thra oedd y rafft yn codi a gostwng ar y tonnau, ymestynnai am y creaduriaid oedd yn boddi yn y dyfroedd oddi tano. Ymhen dim roedd rafft Wisacêjac yn llawn anifeiliaid a phawb yn diolch iddo am achub eu bywydau — heb wybod mai ef oedd yn gyfrifol am y dilyw yn y lle cyntaf! Disgynnai heidiau o adar o'r awyr gan obeithio clwydo ar gefnau'r anifeiliaid, ond "Na," meddai Wisacêjac, "mae'n rhaid i chi hel brigau a gweu nyth mawr, â'i ben i waered, i ni. Wedyn, fe gewch ddod i mewn aton ni!"

'Ufuddhaodd yr adar, ac o fewn dim roedd to clyd i'r rafft, a hynny dim ond mewn pryd oherwydd dechreuodd y ffurfafen agor a thywallt glaw a chenllysg. Roedd trawiadau'r cenllysg ar y to fel dwylo'n curo drwm yn ystod gwledd.

'Syrthiodd y glaw o'r nef a chododd ffrydiau canol y ddaear am bythefnos nes bod y byd i gyd yn un lliain tywyll o ddŵr. Yna, peidiodd y storm a gwelodd Wisacêjac fod llid Omamama a Binesich — aderyn y daran — tuag ato wedi dod i ben. Teimlai'n hapus, a phenderfynodd ail-greu'r byd trwy ei bwerau hudol.

'Ond dychrynodd yn lân wrth sylweddoli ei fod wedi anghofio dod â thalp o bridd gydag ef i'r rafft — heb bridd o'r hen fyd byddai'n amhosibl iddo greu'r byd newydd!

'Yna awgrymodd Athic, y broga bach, y dylai rhywun blymio i waelod y dyfroedd i nôl mymryn o'r pridd angenrheidiol.'

'Sôn amdana i y mae hi!' crawciodd Ffredi'n bwysig. 'Ssh!'

Trodd un o'r ymwelwyr yn yr ystafell dywyll i roi taw ar Pot: 'Mi ydw i am glywed y stori 'ma os nad ydach chi. Byddwch ddistaw, os gwelwch yn dda.' A gwyrodd y dyn yn ôl i syllu ar y ddynes oedd yn adrodd hanes Wisacêjac a'r dilyw.

' "Syniad da, 'ngwas i," meddai Wisacêjac yn hapus. "O hyn ymlaen bydd pob creadur sydd mewn helbul yn troi atat ti." '

'Gwir pob gair!' broliodd Ffredi'n smyg.

Gwgodd y dyn o'u blaen ar Pot ac roedd sawl pen y tro hwn yn gwyro i'w gyfeiriad. 'Os ydach chi am gynnal sioe taflu llais yna cerwch i rywle arall i wneud hynny! Rydw i wedi dod i'r ganolfan yma i wrando ar hen straeon yr Indiaid Cochion, nid i wrando arnoch chi a'ch pyped pitw!' sgyrnygai'r dyn yn ddistaw.

Gwridodd Pot. Chwyddodd corff Ffredi. Ar ôl oedi'n ansicr, ailgydiodd yr adroddwraig yn ei stori:

'Gwthiodd Wisacêjac ei law rhwng pigau'r porciwpein a thynnu llond llaw o flew du, gwydn oddi ar ei gefn. Aeth yn ei dro at bob un o'r creaduriaid blewog a chymryd tamaid o'u ffwr. Yna, gweodd linyn hir, cryf o'r gwahanol flewiach a chlymu ei ben yng nghoes Amisc, yr afanc.

' "Plymiwch, gyfaill, a hel mymryn o glai o'r hen ddaear i ni," anogodd Wisacêjac.

'Ar ôl ychydig, aeth y llinyn yn llac a thynnodd Wisacêjac yn nerthol i godi'r afanc. Ond roedd yr afanc druan wedi boddi, heb hyd yn oed gyffwrdd â'r pridd.

'Tro'r dyfrgi, Necic, oedd hi nesaf ond, er bod arogl pridd ar ei bawennau pan gafodd ei dynnu yn gelain o'r dŵr, nid oedd un iot o bridd ar ôl.

'Pwy oedd yr un nesaf, a'r olaf, i fod? meddyliai Wisacêjac.

'Be am . . . ?'

'Ffredi!'

' "Be amdanoch chi, Wajasc?" Syllai Wisacêjac yn amheus ar lygoden y mwsog fach; ond pwy arall oedd ar gael i'w anfon?

Rhythai Ffredi'n wrthryfelgar o'i amgylch, heb ynganu'r un gair ond yn gwybod yr ateb cywir i'r cwestiwn hwnnw!

'Roedd y cortyn yn ei ddadweu ei hun y tu ôl i lygoden y mwsog am hanner awr gyfan cyn iddo ymlacio. Tynnodd Wisacêjac yn rymus. Haliodd yn nerthol. Roedd y creadur wedi marw, wrth gwrs, ond pan godwyd ef i'r rafft fawr roedd talp o glai melynddu'n sownd rhwng ei bawennau a'i fol!

'Roedd Wisacêjac mor hapus fel y perodd trwy ei ddawn hudol i'r tri nofiwr ddod yn ôl o wlad y meirw. Yna, rhoddodd y pridd mewn pair a chyneuodd dân oddi tano. Dechreuodd ddawnsio o amgylch y pair a chanu. Wrth iddo ferwi, cynyddodd y pridd yn gyflym, nes iddo orlifo dros ochrau'r crochan a dechrau ymledu dros wyneb y dŵr.

'Y bore canlynol, gofynnodd Wisacêjac i'r wlferîn archwilio'r ddaear newydd i ddarganfod pa mor fawr oedd hi. Daeth Gin-go-honge yn ei ôl gyda chodiad haul y nos. "Nid yw'r byd yn ddigon mawr eto," datganodd Wisacêjac wrth yr holl anifeiliaid, a pharodd i'r pair ferwi unwaith eto.

'Cymerodd Gin-go-honge dri diwrnod i archwilio'r ddaear newydd yr ail dro, ond nid oedd maint y byd wrth fodd Wisacêjac eto. Berwai'r crochan am y trydydd tro. A'r tro hwn, ni ddaeth yr wlferîn yn ôl. Roedd y byd newydd yn ddigon mawr o'r diwedd, a rhyddhawyd yr anifeiliaid a'r adar, i lenwi'r ddaear ac i amlhau.

'A dyna'r byd rydan ni yn byw ynddo rŵan. Pan welwch chi ffynhonnau'n codi o'r ddaear, dyna dystiolaeth o wirionedd y stori hon. Mae dyfroedd dyfnderoedd yr hen fyd yn dal oddi tanon ni, ac yn byrlymu i fyny trwy dyllau yn y ddaear newydd a grewyd gan Wisacêjac.'

Daeth y golau ymlaen yn neuadd y ganolfan a churodd yr ymwelwyr eu dwylo. Cododd Indiad oedd wedi bod yn eistedd yn y rhes flaen. 'Diolch i Alis Jacob am ddweud stori'r Dilyw a'r Ail-greadigaeth mor gelfydd wrthon ni. Mewn chwarter awr mi fyddwn ni'n dangos ffilm o eiddo Gweinidogaeth Materion y Gogledd ar fywyd gwyllt Bae Iago, ond fe gawn seibiant bach yn gyntaf. Diolch yn fawr.' Cyn iddo gael siawns i eistedd, ysywaeth, sibrydwyd rhywbeth wrtho gan rywun oedd yn eistedd yn y seddau blaen. 'O, ia, mi wnes i anghofio.' Edrychodd i gyfeiriad Pot a gofyn, 'Oes gan rywun gwestiwn?'

'Oes!' bloeddiodd Ffredi. 'Pam na wnaeth y Wisacêjac 'na ofyn i'r Athic nofio i nôl y pridd? Rydan ni'r brogaod yn enwog am ein gallu i nofio. Dwi'n ei gweld hi'n gywilydd o beth na wnaeth o ddim dewis un ohonon ni i neud y weithred arwrol!'

Roedd y person a sibrydodd yn y rhes flaen ar fin codi i ddweud rhywbeth ond achubwyd y blaen arno gan y dyn oedd wedi cwyno ar Pot.

'Reit, 'dan ni wedi hen 'laru ar 'ych ffwlbri chi! Ewch o 'ma cyn i mi roi clustan i chi!'

'Ond . . .' meddai Ffredi a Pot ar yr un pryd.

'O 'ma!' gwaeddodd y dyn, a'i wyneb yn troi'n biws.

Rhythodd rhai o'r ymwelwyr yn ddirmygus ar Pot a symudodd eraill i'w gyfeiriad i roi help llaw i'r dyn piws.

'Ond . . .' meddai Ffredi a Pot drachefn.

Anelwyd dwrn at wyneb Pot, ond gwyrodd i lawr cyn plannu ei ddwrn ei hun ym mol ei wrthwynebydd. 'Yy!' a baglodd y dyn piws yn ôl dros gefn y sedd y tu ôl iddo. Llanwyd y neuadd gan weiddi a sgrechiadau wrth i sawl llaw grafangu am Pot.

'Trawa nhw, trawa nhw!' udai Ffredi a oedd yn sboncio'n filwriaethus ar ei gadair.

Ond doedd dim angen ei anogaeth. Roedd ysbryd y cae rygbi yn nyrnau, penliniau a thraed ei ffrind, a llifai gwenwyn ei rwystredigaeth yn ei drawiadau. Ciliodd ei elynion rhagddo, dim ond i'w fytheirio'n gylch mileinig, bygythiol.

'Dos am y gleision, wnei di?' awgrymodd un.

'Does dim angen. Mi wnawn ni 'i setlo fo.'

Roedd twr o Indiaid wedi gwthio'u ffordd trwy'r ymwelwyr, a George Foureyes yn eu mysg. 'Dowch o 'na, Philip Owen Thomas!' meddai'n ffyrnig, ond roedd ei lygaid yn pefrio gan ddireidi slei wrth edrych ar Pot. 'Peidiwch ag anghofio'ch potel!'

Amneidiodd ar y botel roedd o wedi'i phrynu i Pot oriau'n gynharach ac a oedd ynghudd dan y sedd. Edrychodd yn awgrymog ar yr ymwelwyr fel petai'n esbonio achos ynfydrwydd Pot. Gan gipio Ffredi, symudodd Pot yn anfoddog tuag at y drws yng nghanol cylch o Indiaid cyhyrog.

'Mam, 'dach chi'n meddwl fod y dyn 'na'n od?' gofynnodd merch fach oedd wedi encilio at y drws yn ystod y ffrwgwd.

Tynnwyd hi yn ôl gan ei mam. 'Honco, 'nghariad bach i, ond paid â phoeni, mae o'n mynd rŵan.'

Wedi cyrraedd yr awyr iach, trawodd George Foureyes gefn Pot a dweud, 'Dydan ni ddim wedi cael cymaint o hwyl ers blynyddoedd — da iawn, chi!' Yna difrifolodd. 'Ond mi ydach *chi* wedi colli tipyn o bres i ni, mae'n debyg.' Roedd yn edrych ar Ffredi yn llaw Pot.

'Hy! Faint 'dach chi isio?'

'Y biliwnydd sy'n siarad eto. Roedd yn well gen i ti pan oeddat yn udo am waed yr ymwelwyr. 'Ta beth, mae'r gweledydd wedi penderfynu cwrdd â chi. Dowch.'

XIV

Eisteddai Ffredi ar ben hen fwrdd wedi'i sgriffio, yn syllu
i lygaid tywyll, diemosiwn y gweledydd. O'r gegin gyfagos
deuai sŵn miri Pot a'i gyfeillion newydd yn agor poteli,
ond distawrwydd llwyr oedd yma. Roedd y llygaid yn yr
hen wyneb crychog — wyneb llydan wedi'i rychu fel petai
aradr wedi'i thynnu'n feddw ar ei draws — wedi llwyddo
i lonyddu Ffredi. Dim diffyg amynedd bellach, dim ysfa
am olud na gwrhydri. Dim ond rhyw dawelwch dwys yn
ei lenwi.

Daeth un o'r Indiaid atynt a rhoi potel o gwrw wrth
eu hochr a mynd allan eto heb ddweud dim. Clywodd
Ffredi Pot yn cynhyrfu wrth gymharu geiriau am bethau
yn iaith y Crî â'r Gymraeg — "Oscan"! "Asgwrn" ydi
hwnna yn Gymraeg! A be ydi . . . ?' Aeth y cymharu
ymlaen, gydag ychydig iawn o debygrwydd yn y rhestrau
hirwyntog, a'r Indiaid yn chwerthin yn garedig ar awydd
diniwed Pot i ddarganfod cysylltiadau rhwng eu hiaith
hwy a'i iaith ef. Roeddynt yn gwybod mai nhw oedd yr
Anisinabec, y ddynoliaeth gyntaf, yn ddiamau. Ond nid
felly Pot: 'Gwrandwch: "ynys" ydi "ministic" yn 'ych
iaith chi, a "coch" ydi "mes coch", ac mae'ch gair chi,
"withawaw" yr un ffunud â'n gair "hwytha" ni. Mae'n
rhaid mai chi ydi tylwyth Madog, tywysog o Gymru a
hwyliodd i Ogledd 'Mericia ganrifoedd yn ôl! Mae
tebygrwydd ein hieithoedd yn profi hynny!'

110

Chwarddai'r Indiaid yn hapus ar y fath ffwlbri, a phrocient Pot i adrodd hanes y Madog 'na.

Daliwyd i roi poteli cwrw a gwydrau o chwisgi, rỳm a gwin rhad wrth ochr y gweledydd a Ffredi, er nad oedd yr un diferyn wedi cael ei gyffwrdd — roedd hi'n amlwg fod yr egwyddor o rannu yn eithafol o gadarn ymysg yr Indiaid.

Daeth sŵn gwragedd yn cyrraedd — rhai ohonynt yn sbecian i mewn yn gyflym ar Ffredi a'r gweledydd — a chlecian platiau ar fwrdd. Yna, sŵn bwyd yn cael ei sglaffio rhwng y mân siarad a'r chwerthin.

Yn sydyn, daeth sŵn gwenyn yn suo i ben Ffredi. Symudodd am y tro cyntaf i ysgwyd ei ben, ond trodd y suo'n llais yn siarad ag ef. Rhythodd ar y gweledydd ond nid oedd gwefusau'r hen ddyn yn symud.

'Athic,' meddai'r llais, 'Athic, wyt ti'n fy nghlywed i?'

Sylwodd Ffredi ar y defnydd o'r ail berson unigol ac agorodd ei geg i ymateb, ond daeth y llais eto, 'Does dim angen geiriau gwynt rhyngom ni. Profaist dy allu i siarad ar goedd imi gynnau yng nghanolfan yr ymwelwyr.'

Rhyfeddai Ffredi wrth glywed hyd yn oed dinc o chwerthin y gweledydd yn canu yn ei ben.

'Ia, mi wyt ti'n dipyn o wyrth. Mae lleisiau anifeiliaid wedi dod ataf mewn breuddwyd a gwelediaeth, ond mae'r profiad hwn yn wahanol. Dwed hanes dy fywyd wrthyf.'

A dyna wnaeth Ffredi wrth syllu i byllau dyfnion llygaid yr Indiad. Soniodd am ei gartref a'i ffrindiau; am ei gariad at Nansi, y fadfall ddŵr; am oresgyniad y chwilod duon dan arweiniad eu brenin Victor, a'r gwrthryfel a ddisodlodd y gormeswyr ffyrnig; am ymweliad Pot â'r pwll a'r digwyddiadau a darddodd o'i gyfarfyddiad â'r cyfreithiwr.

'Bywyd sy'n dangos y swyddogaeth a roddwyd i'r Athic yn y dechrau — i reoli'r trychfilod a helpu creaduriaid mewn argyfwng. Ardderchog! Ond wyt ti wedi sylwi sut mae dyfodiad yr arian 'na wedi amharu ar dy allu i fyw yn ôl y doniau a roddwyd i ti?'

'Be?' meddai Ffredi'n anghrediniol. 'Mae dynion wedi bod yn moesymgrymu o'm blaen ers i mi etifeddu ffortiwn Sam! Maen nhw wedi ufuddhau i bob un o 'ngorchmynion i!'

'Siŵr o fod. Ond addoli'r arian oeddan nhw, nid ti. Melltith arnat ydi'r arian. Ac mae'r wlithen a fynnodd gael ei bwyta gennyt yn profi hynny.'

'Sut felly?'

'Pan fydd dewin o'n pobl ni am ddwyn drygioni ar rywun, bydd yn gyrru gwlithen neu falwen gyda'r nos i gyfeiriad yr un mae o eisiau ei felltithio. Ac os bydd yr ysglyfaeth yn cael ei gyffwrdd gan y creadur, daw anffawd iddo'n ddisymwth. Dyna a ddigwyddodd i ti, Athic.'

'Pawb yn iawn yma?' gofynnodd Pot o'r trothwy. 'Pam na ddowch chi allan i'r gegin? Mae'r parti'n grêt a phawb isio dy gwarfod di, Ffredi!' Codwyd sawl llaw ar y broga o'r gegin ar eiriau Pot, ac roedd y miri'n troi'n reiat o hwyliau da.

'O 'ma!' arthiodd y broga.

'. . . caci!' atebodd Pot yn glyfar, ond aeth o'r golwg yr un fath.

'Wyt ti'n gweld? Ai felly fyddet ti wedi siarad â chyfaill cyn dyfod yr arian i dy fywyd?'

Brysiodd Ffredi i guddio'r gwir ateb, ond yn ofer.

'Wela i!' Chwarddodd y gweledydd yn garedig. 'Ond paid â phoeni. Cysga rŵan, Athic. Fe ddaw yfory ac wedyn fe awn ni i'r goedwig i mofyn cymorth.'

Roedd Ffredi'n teimlo mor llesg fel nad oedd yn medru gofyn be oedd yr hen ddyn yn ei olygu. Cododd yr Indiad a lledaenu clwt tamp ac arogl cwrw arno dros Ffredi.

'Cysga rŵan, Athic, a bydded i'th freuddwydion fod yn rhai hapus.'

★ ★ ★

Eisteddai Gwen, gwraig Pot, yn ei chwrcwd o flaen cyff cnotiog derwen uchel. Roedd awel fwyn yn siffrwd yn y dail a'i gwallt, a myrdd o adar yn chwibanu'n brysur uwch ei phen. Pelydrai'r haul trwy'r brigau i greu patrwm symudol ar y ddaear, ac o rywle deuai peraroglau cyfarwydd y pwll.

Rhwng gwreiddiau'r goeden ymddangosodd Nansi. Mor brydferth ei chorff a'i chynffon lym! Mor dyner ei choesau ac mor gain bysedd ei thraed! A'i llygaid mawr euraidd — O!

'Wyt ti wedi clywed gan dy ŵr?' gofynnodd yn ei llais cryg, annwyl.

'Do. Maen nhw ar eu ffordd i rywle o'r enw Moosonee yng ngogledd Ontario. Dwn i ddim pam. Ond mae'r ddau ohonyn nhw'n iawn. O, ia, mae Ffredi'n cofio atat ti.'

'Ydi o'n byhafio?'

'Ydi.'

Roedd Gwen wedi diflannu, a safai Ffredi o flaen ei anwylyd, yn chwyddo ei wddf yn awgrymog a smotiau'n blodeuo arno, fel petai artist yn taflu paent o frws dannedd yn ysgafn drosto.

'Tyrd,' meddai Nansi a'i llais yn gynnes, ac roedd hi ar fin codi'r lliain gwe pry cop oedd yn hongian wrth riniog ei chartref pan glywyd rhu ar yr awel.

'Un o awyrennau'r blydi Awyrlu!' meddyliodd Ffredi'n chwyrn, ond nid dyna oedd hi. Rhuthrai ton tuag atynt, ac ar ei phen roedd rafft o bres papur a broga anferth yn sboncio'n fywiog arno. 'Ffredi!' crawciodd y broga'n groesawgar. Ac wrth i'r don gyrraedd atynt, nofiodd Nansi i ffwrdd, ei chynffon yn chwifio'n ffyrnig.

'Nansi!'

Ond roedd hi wedi mynd, a thynnwyd Ffredi i'r rafft gan y broga mawr gwyrdd. 'Fi sy pia chdi rŵan!' meddai hi'n fuddugoliaethus.

★ ★ ★

'Deffra, wnei di!'

Dadebrodd Ffredi'n arswydus o chwim.

'Roeddat ti'n gwingo fel llwynog a'i goes wedi'i dal mewn magl,' esboniodd y gweledydd, a'i geg yn plycio fel pe bai mewn rhywfaint o boen. Edrychodd Ffredi o'i amgylch yn araf ac yna ar yr hen ddyn. Roedd ei lygaid yn goch a'i amrannau'n grachludiog; er bod y rhes o boteli a gwydrau yn dal i amgylchynu Ffredi, roedd rhai'r hen ddyn i gyd wedi diflannu.

'Dim ond breuddwyd,' meddai'r broga'n ymddiheuriol.

'Hunllef, mi wn. Roeddwn yn gobeithio am freuddwyd da fel arwydd. Mi fydd hi'n amser dyrys arnon ni yn y goedwig, felly.' Ochneidiodd y gweledydd yn brudd a thynnu'i law ar draws ei wyneb crychlyd. Roedd mân ddiferion o chwys yn codi arno.

'Chi ŵyr,' atebodd Ffredi. Yn ei galon, fodd bynnag, roedd yn dal i fynnu mai 'dim ond breuddwyd' ydoedd.

Rhuthrodd yr Indiad i'r gegin ac ymlusgo'n ôl mewn ychydig â mŵg, ac ager yn codi ohono. 'Dim byd i'w fwyta nes down ni yn ôl o'r goedwig.'

'O ia, a be sy gen ti yn y mŵg 'na, 'ta?'

'Te dail y gedrwydden wen a chedrwydd. Mae'n dda i gur pen a chamdreuliad,' esboniodd y gweledydd â gwên wyrgam. 'Bydd angen llond ei fol o hwn ar Philip Owen Thomas hefyd pan ddeffrith o.' Llowciodd y te chwilboeth, gan grychu'i geg wrth ei flasu, ond o fewn munudau roedd y llinellau dwfn yn ei wyneb wedi ymlacio ac aeth i hel ei bethau at ei gilydd—blanced, gwn a dau focs wedi'u gwneud o risgl bedw. 'Fe gei di drafaelio yn y bocs yma — dwi wedi ei lenwi â mwsogl yn barod iti.'

'Iawn,' meddai Ffredi'n swta. Doedd o ddim yn sicr a oedd yn edrych ymlaen at yr antur ai peidio.

Awyr lonydd a sglein gronynnau'r gwlith yn yr haul ifanc oedd yn croesawu Ffredi a'r gweledydd wrth iddynt gamu o'r tŷ. Roedd crensian siâl melynddu'r ffordd dan draed yn adleisio'n gyfeillgar, ac o lyn wedi'i guddio yn y coed daeth galwad hiraethus rhyw lŵn yn deffro gyda'r wawr. Neb arall o gwmpas, dim mwg yn cyrlio o'r simneiau; popeth yn ffres a llachar fel petai'r byd wedi cael ei ailbaentio dros nos.

Ond wrth gyrraedd ymyl y fforest, ysywaeth, roedd niwl oer yn eu haros, fel anadl yn rholio'n araf o ffroenau anghenfil. Caeodd yr Indiad ei gôt at ei ên, symud y gwn oedd yn hongian ar ei ysgwydd, ac ymwthio i dywyllwch y coed pîn.

Araf oedd eu hymlwybro drwy'r goedwig, gyda'r niwl

yn cuddio rhwystrau tan yr eiliad olaf; coed wedi syrthio yn gorwedd yn grwca ar eu traws fel esgyrn cefn a'r asennau'n dal yn sownd ynddynt; bonion chwilfriw'n ymwthio o'r pridd fel dannedd pydredig, a changhennau wedi moesymgrymu dan ormes eira a rhew'r gaeafau caled. Roedd cymalau'r hen Indiad yn protestio dan ymosodiad oerni'r niwl a'r angen i blygu a chamu'n uchel bob yn ail. Ychwanegai ei anadl drom at sŵn y canghennau'n crafu, y defnynnau o wlith yn llithro'n rhydd o frigau'r pinwydd a'r sugno llaid a chrensian y dail cras dan draed.

Wrth i'r haul godi, ciliai'r niwl yn raddol a dechreuodd yr adar herio. Fflachient yn amryliw ar draws yr ychydig lennyrch, gan ddwrdio'i gilydd a galw'u rhybuddion am bresenoldeb ymyrwyr. Gyda'r adar daeth su'r mosgitos a'r pryfaid bach du. Oedodd yr Indiad i estyn saim o'r ail focs rhisgl bedw a gorchuddio ei wallt a phob tamaid o groen noeth dan ei ddrewdod.

'Saim arth,' esboniodd. 'Does dim ots gen i am y mosgitos, ond mae'r pryfaid du 'ma'n ddiawliaid. Mi welais garw unwaith yn mwydo'i ymennydd ar goeden i ddod yn rhydd o'u poenydio — roedd wedi cael ei yrru'n hollol wallgof.'

Aethant ymlaen dan haen denau o bryfaid, a llwch a dail pigog o'r coed yn hel yn y saim. Cafodd Ffredi hwyl wrth wrando ar rwgnach yr Indiad, a oedd yn falch pan ddaethant at lannau meddal llyn bach. Yn y pen pellaf clywyd trawiad cynffon afanc ar y dŵr, yn rhybudd i'w chywion encilio i'r gaer. Ymolchodd yr hen ddyn ei wyneb a throchodd Ffredi am ychydig yn y dŵr; yna, ymlaen â hwy, heibio i'r gwern a phoplys oedd yn tyfu'n rhimyn i'r llyn, a thraed yr Indiad yn mathru llwyni isel ceiriosen y wern a'u blodau pinc, clychog.

Daeth y pridd yn fwy llaith wedi pasio'r llyn, gyda migwyn yn ymestyn fel sbwng o'u blaen. Mewn ambell le roedd y migwyn wedi tyfu mor drwchus fel bod canghennau is y sbriws du wedi'u llyncu ganddynt a gwreiddio, gan epilio coesau newydd fel canhwyllau bach gwyrdd o gwmpas y fam-goeden. Yna, daethant at le lle'r oedd y tir yn crynu dan gamau gofalus yr hen Indiad.

'Be sy?' gofynnodd Ffredi'n betrus. Roedd yn cofio daeargryn Pen Llŷn pan drawyd ei bwll gan ergydion brawychus am ugain eiliad hir, a chymerodd y llaid yng ngwaelod y pwll ddau ddiwrnod i ailsetlo. Ond roedd y crynfeydd hyn yn mynd ymlaen ac ymlaen!

'Mignent siglo sydd yma. Mae'r mwsogl wedi tyfu'n haen drwchus ar draws pwll o ddŵr. Dim byd i boeni amdano, ond i mi gamu'n ofalus.' Dechreuodd y gweledydd fwmian canu a deallai Ffredi o'r sŵn nad oedd yr hen ddyn yn orhyderus chwaith.

Aeth y siwrnai yn ei blaen a Ffredi'n syrthio i hanner-cwsg. Roedd yn ymwybodol o'r tirlun wrth rythmau cerdded ei gludydd — camau breision, hyderus wrth fynd trwy rannau solat a choediog, camau arafach wrth rydio cors. Yna, peidiodd y symud yn gyfan gwbl a deffrôdd Ffredi yn sydyn.

Roeddynt yn sefyll ar lan afon fechan a'r coed ar ei glannau yn sigo braidd dan bwysau cen yn hongian yn gudynnau o'r canghennau. Roedd yr haul ar ei anterth, yr awel wedi diflannu a'r pryfaid hefyd wedi mynd gyda hi. Murmur yr afon fas oedd yr unig sŵn oedd yn parhau.

''Dan ni wedi cyrraedd?' gofynnodd Ffredi'n amheus.

'Do,' ac amneidiodd yr Indiad i lan bella'r afon.

Coed; mwy o goed; coed oedd yn edrych yn union 'run fath â'r milltiroedd o goed roedden nhw wedi bod yn tramwyo trwyddynt ers oriau! Ond wrth i'r Indiad gamu trwy ddyfroedd yr afon, sylwodd Ffredi fod rhywbeth y tu ôl i'r coed yr ochr draw. Craig. Y graig gyntaf iddynt ei gweld ers gadael Moosonee. Ac wedi idynt ymwthio trwy'r coed, daethant at fan agored lle'r oedd y graig yn adlewyrchu pelydrau'r haul fel bod y llannerch yn llawn golau rhyfedd.

'I lawr â chdi,' meddai'r Indiad, 'mae'n rhaid i mi baratoi at y chwysu.'

Ni chymerodd Ffredi sylw o eiriau'r gweledydd; roedd o am archwilio'r graig od. Wrth nesáu ati, sylwodd mai mwyn gwyn oedd y garreg gyda myrdd o wynebau sgleiniog fel drychau bach budr. Ac yn igam-ogam rhwng yr wynebau roedd gwythiennau metalig.

'Be 'di'r stwff melyn 'ma yn y graig?' holodd Ffredi'n uchel.

'Aur,' atebodd yr Indiad wrth oedi yn ei waith o hel coed at dân.

Aur! Sbonciai Ffredi'n gyflym o gwmpas gwaelod y graig — ie, roedd yr aur i'w weld ym mhobman! Neidiodd a chropiodd yn boenus i fyny ochrau danheddog y graig nes cyrraedd y copa. Aur eto!

Roedd Ffredi ar fin crawcio ei gynnwrf pan ymddangosodd y gweledydd wrth ochr y graig a'i ben ar yr un lefel â Ffredi. 'Mae'n rhaid fod 'na werth ffortiwn mewn aur yma,' cynigiodd Ffredi'n ansicr.

'Mae'n siŵr, a dyna pam nad ydan ni'n dod â phobl wyn i'r fan. Mae hwn yn lle sanctaidd, gyda chnawd prydferth Omamama, a'i gwythiennau hardd, yn ymddangos i ni yma. Byddent hwy am glwyfo'i chnawd a diraddio'i gwythiennau i gael pres. Gwarth o beth fyddai hynny, yntê Ffredi?'

Teimlai'r broga ei hun yn crebachu o flaen trem ddwys yr Indiad, ac er mwyn torri ar y trywydd, gofynnodd, 'Be ga i eich galw? Dwi ddim wedi gofyn cynt, ond . . .'

'Mae'n well i ti aros nes daw'r weledigaeth. Bryd hynny, fe gei di fy enw iawn. Fyddwn i ddim isio rhoi f'enw arferol i *ti*, Athic. Tyrd, mae angen i ni ymbaratoi.'

Gafaelodd yn dyner yn Ffredi a'i gario draw at y cwt chwysu.

XV

'Be 'di pwrpas y rhain?' gofynnodd Ffredi wrth sylwi ar sypiau o esgyrn yn hongian o bolion tal bob ochr i'r cwt chwysu. Traed, bach a mawr, wedi crino'n grafangau; asgwrn cefn cnotiog gydag ambell asen yn dal yn sownd ynddo; penglogau calchwyn a'u socedau llygaid gwag yn syllu i lawr ar y broga.

Daeth yr hen Indiad draw o'r pentwr coed roedd yn eu paratoi at dân a dechrau casglu'r esgyrn a thalpiau bach o grwyn oedd wedi disgyn yn frith i'r ddaear.

'Yn bell yn ôl, cytunodd creaduriaid y byd i fod yn fwyd a dillad i'r hil ddynol ar yr amod y byddem yn eu hanrhydeddu. Felly, pan fyddwn yn lladd creadur, byddwn yn hongian darnau ohono mewn llefydd sanctaidd fel yr un yma. Petaem ni'n peidio â gwneud hynny, byddai'r anifeiliaid yn cuddio oddi wrthym a byddai ein hela ni'n ofer. Pan fydd yr esgyrn yn syrthio fe'u llosgir, rhag i'r cŵn neu'r bleiddiaid eu hamharchu.'

Aeth yr Indiad yn ôl at y lle tân ac aeth Ffredi i mewn i'r cwt chwysu. Syrthiodd croen y tu cefn iddo ar draws y porth isel gan ei adael mewn tywyllwch fel bol buwch. O fewn ychydig dechreuodd weld fflachiadau bach o liwiau anghyfarwydd yn yr awyr, yn cyrlio a dawnsio, yn lledu a lleihau fel trobyllau anwadal. Roedd rhai ohonynt i'w gweld o'i flaen ond roedd eraill y tu ôl iddo, lle dylsent fod o'r golwg, ond eto roeddynt yn hollol glir. Sut ddiawl . . . ? meddyliodd Ffredi ac, yn ei chwilfrydedd, ceisiodd sboncio a'i droi ei hun yn ei unfan er mwyn dal y lliwiau, oedd y tu ôl iddo, o'i flaen. Ond ar ôl ychydig eiliadau carbwl, byddai'r lliwiau'n ailffurfio, gyda'r rhai blaen o'i flaen a'r rhai ôl y tu ôl iddo. Trodd ar ei gefn. Rŵan roedd y siapiau lliwgar y tu ôl iddo i'w gweld yn y pridd caled o dan ei ben! Cododd a sboncio'n ofalus o gwmpas y cwt a'r lliwiau yn symud gydag ef. O'r diwedd, setlodd ar ei gwrcwd a mwynhau'r profiad.

Torrodd y llif amryliw wrth i'r croen ar draws y fynedfa gael ei godi.

'Dyma lle'r wyt ti. Ro'n i'n ofni dy fod ti ar goll! Tyrd o 'na rŵan. Mae'n amser i mi ddechrau'r chwysu.'

'I be?'

Ni symudodd Ffredi; roedd trawiad sydyn y goleuni o'r tu allan yn ei ddallu.

'I'm puro ar gyfer y weledigaeth. Well i ti beidio â'i wneud ond, cofia, dim bwyta o hyn ymlaen nes i ni weld rhywbeth.'

'Be? Dim bwyd o gwbl? Mi lwga i!' gwichiodd Ffredi.

'Dim tamaid. Os cedwi di'n ddistaw a symud cyn lleied ag sy'n bosib, byddi di'n iawn, mi waranta i ti. Tyrd allan rŵan.'

Sbonciodd Ffredi allan yn egnïol, a sboncio'r eildro yn gyflym i'r ochr rhag gwres tân gwynias oedd yn llosgi o flaen y cwt chwysu.

'Wiw!'

'Dos draw at y twr mwsogl 'na. Rwyf wedi paratoi cuddfan o fwsogl gwlyb i ti, i encilio rhag yr haul. Byddi di'n iawn yno.'

Cropiodd Ffredi'n ufudd at ei gysgod a syllu ar yr hen Indiad yn ei ddinoethi'i hun ac yna'n rhowlio cerrig crasboeth o'r tân â dwy gangen gref, a'u gwthio i mewn i'r cwt chwysu. Yna, cariodd fwced o ddŵr i mewn i'r cwt a chau'r fynedfa. Clywodd Ffredi hisio ffyrnig o'r tu mewn i'r cwt ac, ymhen ysbaid, pistylliai cymylau tenau o ager o'r cwt gan wneud iddo edrych fel pentwr o doriadau lawnt yn mudlosgi. Dechreuodd yr Indiad lafarganu.

Aeth y canu ymlaen am oriau, hyd yn oed pan ddeuai'r canwr allan, yn chwys diferol, i ailfwydo'r tân neu i nôl mwy o gerrig poeth. O'r diwedd, daeth allan a chamu'n araf at y nant. Heb oedi, neidiodd yr Indiad i mewn i'r dŵr. 'Aaaa!'

Cafodd Ffredi rywfaint o foddhad wrth glywed sgrech yr Indiad — o'r diwedd, roedd o'n cyfleu ymateb teimladol. Eto, pan gerddodd yr hen ddyn yn ôl o'r nant, nid oedd ei wyneb yn dangos dim, a hynny er bod ei gorff yn crynu'n ddireol. Eisteddodd yr Indiad i lawr wrth ochr Ffredi. Syrthiodd pelydrau'r haul isel ar ei ysgwyddau.

'Wyt ti ddim yn mynd i dy iro dy hun efo'r saim drewllyd 'na i gadw'r pryfaid draw?' gofynnodd Ffredi. Roedd cwmwl o fosgitos a phryfaid bach du yn dechrau ymgasglu o gwmpas y dyn.

'Nac ydw,' atebodd yr Indiad. 'Mae'n amser diodde'n ddirwgnach beth bynnag a ddaw.'

Syllai Ffredi'n syn ar y corff copor yn graddol fritho â'r trychfilod rheibus, ac mewn ychydig roedd dafnau bychan o waed yn ymddangos ar y croen. Ni symudodd yr hen ddyn, ddim hyd yn oed pan hedfanai'r creaduriaid i'w lygaid. Gwingai Ffredi ar ei ran ac fe'i temtiwyd i ddal rhai o'r pryfaid oedd yn poenydio'i gymar.

'Amynedd, Athic.' Dechreuodd y dyn fwmian canu yn

isel ac, i Ffredi, roedd fel petai'r Indiad yn galw'r pryfaid ato.

Suddodd yr haul trwy ymylwe'r goedwig a chododd lleuad gron, gan ledaenu haen o berl dros bopeth a thoddi pob crych ar wyneb yr Indiad.

Roedd y goedwig yn bywiogi gyda synau — sisialau, gwichiadau, siffrydau a rhochiadau. Clywai Ffredi sŵn ysgathru ar foncyff gerllaw ac ychydig wedyn ymddangosodd porciwpein, oedd wedi bod yn cysgu yn y goeden i ddal pob awel drwy wres y dydd. Roedd ei lygaid bach yn fflachio ym mhelydrau'r lleuad a siglai'i bigau hir yn osgeiddig wrth iddo gerdded. Snwffiodd yn eu tro ar yr Indiad ac ar Ffredi, gan godi ei wefus uchaf i ddangos ei ddannedd blaen oedd fel cynion bychan, cryf. Wedi gwneud hynny, ymlwybrodd i ffwrdd i durio yn y deiliach ar ymyl y nant.

Hedfanodd tylluan heibio a'i hadenydd yn taro'r awyr yn araf wrth iddi chwilio am ei hysglyfaeth. Mewn ambell le o'i gwmpas gwelai Ffredi bwyntiau bach o olau ariannaidd yn datgan presenoldeb creaduriaid bach oedd yn cysgodi rhag y dylluan, ac enciliodd yn ddyfnach i'w wely mwsogl rhag cael ei weld ei hun.

Yn raddol, cymylodd y nen, gan fygu'r lleuad a lledaenu tywyllwch trwm, trwchus dros bopeth. Dechreuodd Ffredi grynu, ond o'r gwyll daeth llais yr Indiad: 'Paid â phoeni, Athic, dim ond pan wyt ti'n farw y pery'r tywyllwch am byth.'

Rhywsut cafodd Ffredi gysur o'r geiriau hyn a chaeodd ei lygaid a chysgu.

Pan ddihunodd, roedd hi'n wawr binc, oer. Llechai tawelwch mawr yn y goedwig, gyda chreaduriaid y nos wedi ymguddio a rhai'r dydd heb ddeffro eto. Roedd hyd yn oed y coed yn fud yn yr awyr ddiawel. Edrychodd Ffredi ar ei gymar. Roedd yr Indiad wedi codi yn ystod y nos i nôl blanced i'w thaflu dros ei ysgwyddau a rŵan roedd yn crymu dan drymgwsg. Symudai ei ben i fyny ac i lawr ryw fymryn gyda rhythm ei anadlu a'i drwyn pigog yn cerfio'r awyr welw fel blaen cwch hwylio yn hyrddio a suddo yn nhonnau'r môr.

Cododd Ffredi a sboncio'n anystwyth at lan y nant. Roedd cerrig y dŵr bas yn fyw â phla o faceiod y pryfed du, rhai ohonynt yn gorwedd yn llonydd mewn sachau cysgu o sidan gwyn, yn ymbaratoi i droi'n bryfaid go-iawn, ac eraill yn trolio'r rhwydi o flaen eu cegau yn brysur trwy'r llif, gan geisio dal eu borefwyd o blanhigion ac anifeiliaid mor fach nas gellid eu gweld. Wrth i Ffredi syllu, cododd bwrlwm o aer, a chanol tywyll iddo, trwy'r dŵr ac ymrwygo wrth gyrraedd yr wyneb. Daeth fflach arian yn y dŵr, ond cyn i safn y pysgodyn bach lyncu, saethodd tafod Ffredi allan a chasglu'r pry bach yn ddestlus.

'Ffredi!'

Roedd sioc y llais rhybuddiol mor annisgwyl fel bod Ffredi bron â syrthio i'r dŵr.

'Dim bwyta, cofia.'

Poerodd Ffredi y tamaid blasus allan. Wel, o leia mi ges i oruchafiaeth ar y 'sgodyn 'na, meddyliodd yn euog.

Clywai sŵn traed yr hen Indiad yn ymbalfalu i ffwrdd i hel priciau at y tân. Syllodd ar y pry gwargrwm yn ei grafu ei hun yn sych â'i goesau.

Gallwn ei fwyta rŵan; un llwnc bach handi a fyddai *o*'n gwbod dim, meddyliodd.

Yna, clywodd suo bach a dechreuodd y pry du siarad:

'Diolch yn fawr i chi, Athic. Ro'n i'n siŵr 'mod i wedi'i cha'l hi, ylwch, a mi fyswn i, ond i chi fy safio i. Mi ydw i yn 'ych dylad chi o hyn ymlaen. Be ga i neud drosoch chi, tybad?'

Ac roedd Ffredi ar fin dweud 'Dim!' yn sarrug pan fflachiodd syniad yn ei ymennydd. 'Wyt ti'n meddwl y gelli di ddeud wrth dy fêts i beidio â brathu'r hen lymbar sy efo fi?'

Llygadodd y pry bach y broga'n siomedig. 'Ro'n i'n edrych ymlaen at ga'l tamad ohono. Mae ogla da arno fo.'

'Musgrell,' atebodd Ffredi'n chwim.

'Ocê,' ochneidiodd y pry yn ddigalon. 'Ac mi ddeuda i wrth y mosgitos am gadw draw hefyd. Iawn?' Roedd y pry i'w glywed yn hapusach o dipyn wrth feddwl na fyddai'i gystadleuwyr am waed yn cael blasu'r bod dynol chwaith. 'A chofiwch, mi adawa i i fy mêts ym mhobman wbod be naethoch chi drosta i. Unrhyw amsar 'dach chi isio help, mi fedrwch alw ar 'y nheulu i. Cofiwch!'

'Mi gofia i. O 'ma rŵan, cyn i mi dy lyncu eto!'

Chwarddai'r pry du'n hwyliog wrth esgyn i'r awyr a hedfan i ffwrdd.

Tasa fo ond yn gwbod, meddyliodd Ffredi ac, wedi'i rybuddio gan eiddgarwch y pysgodyn arian, penderfynodd beidio â nofio yn y nant y bore hwnnw.

Roedd yr Indiad yn paratoi te o ddail gwylltion a rhisgl coed pan gyrhaeddodd Ffredi yn ôl i'w wersyll. Ni ddywedodd yr un ohonynt air am y digwyddiad gyda'r pry du.

Aeth yr ail ddydd o ymprydio heibio'n araf. Cynyddai

llesgedd a phoen yng nghorff Ffredi gan achosi iddo riddfan fel plentyn bach a'r ddannodd arno.

'Amynedd, frawd,' cysurai'r Indiad ef, ond roedd yntau, erbyn hyn, yn dangos arwyddion o boen wrth iddo gofleidio'i goesau at ei fron a siglo yn ôl ac ymlaen yn wantan. Roedd brathiadau'r mosgitos a'r pryfaid du y diwrnod cynt yn chwyddo drosto, rhai ohonynt yn ffurfio pothellau lletglir, llawn sudd, ac eraill yn glwyfau piws oedd yn gollwng diferion melyn o grawn. Bob hyn a hyn roedd y cosi'n mynd mor annioddefol fel bod yr Indiad yn gorfod crafu'r lympiau'n ffyrnig. Ond o leiaf nid oedd y trychfilod yn dal ati i frathu heddiw, sylwodd Ffredi, a theimlodd rywfaint yn well ei hun.

Trodd yr awyr yn fwll tua chanol y prynhawn, gan droi'r goedwig yn fud. Hanner awr yn ddiweddarach dechreuodd storm anferth. Chwipiwyd y coed nes iddynt edrych fel dawnswyr gorffwyll, eu pennau'n chwifio i fyny ac i lawr yn ddiatal a'u canghennau'n fflangellu'r awyr yn afreolus. Rhwng nadau'r daran, clywyd clec boncyffion yn cael eu hollti gan drawiadau'r mellt oedd yn clindarddach yn ddi-dor o'u cwmpas. Saethodd gwaywffyn o law a bwledi o genllysg o'r nen. Nid oedd cysgod rhag nerth y dymestl a phlygai popeth o'i blaen.

Ac yna, mwyaf sydyn, peidiodd, a sgleiniai'r byd o'r newydd dan haul tanbaid ac awyr las. Roedd yr awyr yn llawn sŵn diferion yn cronni ac yn llithro o'r coed ac o rywle clywyd trawiadau prysur cnocell y coed yn ailddechrau. Cododd yr Indiad yn araf ar goesau sigledig i hel priciau oedd wedi'u cadw yn y cwt chwysu, a llanwyd olion ei draed â dŵr glân. Ailymddangosodd y pryfed wrth i'r Indiad yfed ei de ond cadwent draw oddi wrtho.

'Ydw i'n drewi'n atgas, neu rywbeth?' gofynnodd a phlygu ei ben i arogli'i geseiliau.

Gwenodd Ffredi o'i guddfan fwsogl a dweud dim.

Cododd y lleuad yn gynnar, gan edrych yn welw yng ngolau'r dydd, a machludodd ryw awr ar ôl yr haul.

'Mae Tibici-gisis yn ceisio dal ei brawd heno, Athic. Rhai cwerylgar ydyn nhw, ac wedi bod erioed yn ôl ein hanesion.'

Dechreuodd yr hen Indiad adrodd hanes y lleuad a'i brawd, Gisis — sut y cwerylasant ynglŷn â phwy oedd i gynnau tân yr haul pan ddychwelodd eu tad — oedd wedi gwneud y gwaith ynghynt — i'r nef. Mor ffyrnig oedd eu cweryl fel na chyneuodd yr haul i oleuo a chynhesu'r byd; dechreuodd y planhigion, yr anifeiliaid a'r bobl wyro, a chropiodd y rhew yn anorfod i lawr o'r gogledd. Byddai'r byd wedi cael ei lyncu'n gyfan gan yr oerni tywyll oni bai i Wisacêjac ymyrryd. Gorchmynnodd i'r brawd ofalu am yr haul a chreodd haul newydd, i oleuo'r nos, i'r chwaer.

'Ond mae hi'n dal yn genfigennus am nad yw golau ei lleuad hi mor llachar â phelydrau haul ei brawd ac mae hi'n rhuthro ar ei ôl, gan geisio ei ddal. Weithiau, mae hi'n llwyddo a daw tywyllwch y nos yn ystod y dydd am gyfnod. Bryd hynny, rydan ni'n arfer edrych i ffwrdd er mwyn peidio gweld tylwyth y nen yn ymladd.'

Roedd Ffredi wedi bod yn syllu ar y sêr yn pigo'r tywyllwch uwch ei ben yn ystod y stori hon, ond wrth i'r Indiad ddirwyn ei stori i ben, sylwodd ar ryw fath o darth uchel oedd yn achosi i'r sêr grynu. Mewn ychydig roedd yr awyr i gyd yn ysgwyd yn dawel a lliwiau yn gwibio, ymhél, gwibio ar wahân ac ymhél unwaith yn rhagor. Nid oedd erioed wedi gweld y fath beth — er, mae'n debyg i'r lliwiau yn y cwt chwysu, meddyliodd wedyn.

Edrychodd yr Indiad arno. 'Wnest ti fwynhau'r stori, Athic?' gofynnodd.

'Do, ond drychwch ar yr awyr! Be sy'n bod arni?' Roedd Ffredi'n crynu yn ei gynnwrf.

'Teulu'r nen yn hela'r arth wen. Dyna gred ein cefndryd, yr Inwit, 'ta beth,' meddai ei gymar. Yna ychwanegodd yn ddwys, 'Ond rydan ni'n credu'n wahanol.'

'Be 'di'ch coel chi, 'ta?'

Gwrthododd yr Indiad ag ateb. Crynai wrth rythu ar y nen symudol.

'Be sy?' erfyniodd Ffredi.

'Gwranda, Athic. Gwranda'n ofalus. Pan fyddwn ni'n gweld goleuni'r gogledd yn ymddangos byddwn yn encilio i'n tai neu'n pebyll ac yn cau pob mynediad yn dynn rhag yr anghenfil, Windigo, sydd ar ddyfod. Ond bydd rhaid i ti a minnau ei wrthsefyll yn yr awyr agored fan hyn. Pan ddaw, paid ag edrych i fyw ei lygaid, beth bynnag wnei di.'

'Pam?' gofynnodd Ffredi'n ddig. Roedd yr ysbryd arwrol ynddo am wynebu'r anghenfil a'i ladd, nid plygu'n llwfr ger ei fron!

'Allwn ni mo'i wrthsefyll yn gorfforol, mae'n rhy nerthol i hynny. A phetait ti'n caniatáu iddo dy frathu, mi droet yn ganibal yr un fath â fo. Paid ag edrych i'w lygaid hudol. Cofia.'

Roedd hi'n oeri o'u cwmpas ac er nad oedd mymryn o awel, roedd yr aer i'w weld yn plycio fel petai dannedd iâ yn ffurfio ar wyneb pwll ac yn rhincian yno. Uwch eu pennau roedd goleuni'r gogledd yn hel at ei gilydd ac yn troi'n drobwll seimllyd. Cyflymai ceulo'r goleuni a winciai'r sêr yn wyllt, fel canhwyllau ar fin diffodd. Yna diflanasant, a rhuthrodd siâp fel seren wib anferth i lawr. Hofranai am eiliad cyn syrthio'n drwm i'r ddaear. Fferrodd y pridd a griddfan wrth gael ei gyffwrdd gan yr anghenfil.

Safodd y rhith tal o flaen Ffredi a'r Indiad, ei gorff tenau'n noethlymun ac yn llawn archollion dwfn. Tyfai gwallt trwchus blith draphlith o'r croen gwelw ac, er yn rhewllyd, chwipiai'r cudynnau fel nyth o nadroedd ffyrnig. Roedd y breichiau'n nyddu'r awyr yn afreolus hefyd ond sylwodd Ffredi fod rhai o'r bysedd main, cymalog ar goll, a bod gan y rhai oedd yn dal yn sownd yn y dwylo esgyrnog ewinedd hir fel sglodion o rew. Roedd y corff i gyd yn gwingo fel petai'n cael ei arteithio, a chlywid sŵn y dannedd toredig yn clecian yng ngenau'r Windigo. Roedd y wefus isaf wedi cael ei chnoi i ffwrdd a gwaed wedi ceulo yn ddu ar yr ên gul. Plyciodd y geg i ffurfio gwên grwca; yna sgrechiodd y Windigo.

Teimlai Ffredi fel petai wedi cael ei drywanu gan bibonwy iâ. Rhynnai ei gorff, collodd pob ymdeimlad allanol a theimlai lif iasoer yn ymwthio trwy ei wythiennau i gyfeiriad ei galon. Yr un pryd llanwyd ei geg â phoer gwaedlyd a daeth ysfa anorchfygol drosto i flasu cnawd. Tynnwyd ei lygaid at lygaid coch, crachlyd y Windigo.

'Athic! Paid!'

Anafu, arteithio, anffurfio afu
Blysio, brathu, blingo barrug
Crafangu, crensian, cnoi calon
Dinoethi, darnio, datgymalu dwrn —

'Athic!'

— *eira, ergydio*

Fflangellu, ffrewyllu, ffusto, fferru —

Roedd y geiriau'n berwi o'i geg ond yr hyn roedd arno ei wir eisiau oedd cig, cig amrwd, meddal, gwaedlyd i lenwi ei safnau a'i fol. Pa bryd? Pa bryd?

Roedd yr hen Indiad yn gwegian rhyngddo a'r anghenfil, yn ceisio gwrthsefyll y nerth ffyrnig, ond llyncwyd ef gan gorff niwlog y Windigo ac ailafaelodd llygaid y rhith yn Ffredi.

Fflachiai lluniau clir o'i ffrindiau o flaen ei lygaid a dylifai'r geiriau o'i enau yn fwy pwrpasol.

— *Gwthio, gwaedu, grawnfalurio Gethin —*

Llwnc.

— *Llabuddio, llachio, llindagu, llosgi, llarpio Llew —*

'Dwed na, Athic!' udai'r Indiad, ond llyncodd Ffredi ei gefnder hefyd.

— *Myrthylu, merwino, mathru Meilyr —*

Llwnc, a'i fol yn chwyddo a'i lwnc yn bygwth chwydu, ond

Pesgi, pastynu, picellu, plisgo, penrwygo Pot —

Llwnc.

Nadu, noethi, nychu, nodwyddo, nacáu - 'Ffredi! Dwed na!'

— *ei nofio nwyfus, newydd-deb ei phob nesâd, ei hanadl fel neithdar, ei nawseidd-dra, ei nobledd naturiol —*

'NA!'

Chwydodd fel ci, a llanwyd ei lygaid â dagrau melys. Sgrechiodd y Windigo'n siomedig, ond ni welodd Ffredi ymadawiad yr anghenfil. Yn hytrach, sylwodd yn ddryslyd ar ei gyfeillion yn ailffurfio o'r cyfog, a'r talpiau o rew oedd yn gymysg ag ef yn toddi a throi'n stêm. Diflannodd ei ffrindiau gyda'r ager a gorweddodd Ffredi'n llipa, yn ddiolchgar fod yr hunllef ar ben.

Ymhen ychydig, llwyddodd i symud, a sbonciodd yn anystwyth at yr hen Indiad. Roedd y dyn yn welw ac yn anymwybodol. Ymwthiodd Ffredi i gesail yr Indiad i gynhesu a gwrando ar guriad y galon yng nghawell yr asennau.

Roedd y wawr yn hir yn cyrraedd — roedd tywyllwch y nos wedi'i blethu'n dynn yng nghanghennau'r coed. Ond daeth yr amser pan ddechreuodd aderyn ei drydar ac yr hedfanodd iâr fach yr haf i fyny grisiau'r awyr. Roedd Ffredi'n syllu mor ddyfal ar y pilipala nes iddo golli yr union eiliad yr ymddangosodd yr arth o'r goedwig.

Y peth cyntaf yr oedd yn ymwybodol ohono oedd chwa o awel gynnes yn llifo drosto, ac yna clywodd arogl llym, perlysaidd yn ei anwesu. Edrychodd i fyny i ogof dywyll safnau danheddog a gweld y tafod yn dechrau symud.

'Da was,' chwyrnai'r arth yn isel, ond teimlodd Ffredi gryndod egnïol yn ymestyn trwyddo. Ymestynnodd yr arth ei thafod a llyfu wyneb yr Indiad anymwybodol yn rymus. Roedd ei grafu ar groen y dyn yn debyg i glindarddach gwreichionen yn sboncio rhwng dwy wifren drydan. Dychlamodd amrannau'r Indiad ac yna rhythodd ar yr arth ddu. Trodd ei fraw cyntaf yn wên hapus o adnabod.

'Rydan ni'n cwrdd eto, Sy'n-siarad-â'r-arth. Mi wnest yn dda.' Rhywsut roedd wyneb yr arth yn ffurfio gwên wresog.

'Diolch, Mascwa,' meddai Sy'n-siarad-â'r-arth yn syml.

Yna cododd yr arth ar ei choesau ôl a throdd ei ffwr du'n euraidd ym mhelydrau'r haul.

''Mhen ychydig cewch fynd yn ôl at eich ffrindiau a gwledda eich cyrff, ond yn awr gadewch i ni ymlawenhau'r ysbryd.'

Yn sydyn, cynyddodd gwres a goleuni'r haul yn y llannerch. Nyddai'r pelydrau fel cortynnau a chadwyni ysblennydd trwy awelon mwyn, cynnes yr awyr. Hebryngai bersawrau'r goedwig i ffroenau Ffredi — arogl resinaidd, treiddgar y pinau, melyster yr eurwiail — a brithai'r ddaear â blodau. Roedd anifeiliaid yn pentyrru o'r goedwig i'w hamgylchynu — bleiddiaid a llygod bach llwyd, ceirw gosgeiddig a drewgwn honciog, afancod, brogaod yn frith fel llewpart, beleod y coed a lincsod gyda llygaid iaspis — a'r cyfan, wrth gyrraedd, yn prancio a chrychlamu fel petai i gerddoriaeth hoenus, anhyglyw. Uwch eu pennau suai pryfetach amryliw, siffrydai adenydd gloyw ieir bach yr haf a hwyliai adar yn esmwyth, gan chwibanu a thrydar eu gorfoledd. Ymchwyddai tonnau o lawenydd hudol trwy Ffredi a dechreuodd sboncio a chrawcio'n egnïol. Sylwodd fod Sy'n-siarad-â'r-arth a'r Mascwa ei hun yn codi ar eu traed ac yn canu, ac yna ymgollodd yn y ddawns-gân dragwyddol.

XVI

'Ffredi! O dwi'n falch o dy weld ti!' gwaeddodd Philip Owen Thomas. Roedd o wedi bod yn eistedd yn ddigon anhapus ar wely cul yng nghelloedd Gorsaf Heddlu Talaith Ontario pan glywodd lais crawclyd cyfarwydd ei ffrind yn dwrdio'r heddwas yn y swyddfa gyfagos.

'Pam wyt ti yma?' gofynnodd Ffredi wrth i'r heddwas ifanc estyn pentwr o agoriadau o'i boced i agor drws cell Pot. 'Be wnest ti?'

'Dim!'

'Fe gewch chi ddod o 'na rŵan, syr. Mae'n ddrwg gen i am y camddealltwriaeth,' meddai'r heddwas yn ffurfiol, 'ond roedd y neges ges i o Toronto'n gofyn i mi chwilio amdanoch ac, os oeddwn i'n eich darganfod, i'ch cadw dan oruchwyliaeth lem. Roedd bwletin traws-Ganada wedi cael ei anfon allan.' Yna ychwanegodd, yn giaidd braidd, 'Eich gwraig ddaru adael i ni wybod lle'r oeddach chi, syr.'

'Gwranda, 'ngwas i, paid ti â meiddio cyhuddo Gwen o unrhyw beth,' a chamodd Pot ymlaen yn fygythiol. Sleifiodd yr heddwas allan o'r gell yn gyflym a daliwyd Pot yn ôl gan George Foureyes, oedd wedi hebrwng Ffredi i orsaf yr heddlu.

'Digon, Pot, digon,' meddai'r broga mewn llais mor anghyfarwydd fel y peidiodd ei ffrind yn syth. Yna ffrwydrodd Pot, 'Roeddan nhw'n meddwl 'mod i wedi dy herwgipio di! Roeddan nhw'n credu 'mod i'n cydweithio â Shrinkelstein a'i griw i gael gwared ohonot ti!'

'Be?'

'Ie, mae pob un wan jac ohonyn nhw yn y ddalfa, mae'n debyg, am gynllwynio yn d'erbyn di er mwyn cael eu crafangau ar yr holl bres. Ti'n cofio'r trafferth mawr oedd i apwyntio'r ddau lembo 'na i'n gwarchod ni? Wel, twyll i gyd oedd o — mi oeddan nhw wedi dechra gweithio i Shrinkelstein ddiwrnod neu ddau ar ôl i mi ada'l iddyn nhw wbod 'mod i wedi dŵad o hyd i ti. Mi aeth y Mowntis i mewn i'w swyddfeydd ar orchymyn y Prif Weinidog a darganfod eu cynllwyn.' Oedodd am ennyd. 'Roedd 'na nodyn yno yn deud eu bod nhw'n meddwl y gallen nhw 'mherswadio i i gydweithio efo nhw — a phan ddaeth y plismon 'na ar 'y nhraws i, doedd o ddim yn credu mai mynd i'r goedwig efo'r gweledydd wnest ti, er gwaetha geiria cefnogol yr Indiaid a Vince o'r gwesty.' Edrychodd Pot yn ddirmygus ar yr heddwas.

'Ie, wel, fel y dywedais i, mae'n ddrwg gen i am y camddealltwriaeth. Rydw i wedi galw'r brif swyddfa yn Toronto a bydd awyren yn cyrraedd i'ch hebrwng yn ôl i Ottawa heno. Mwynhewch eich hunain tan hynny, ond peidiwch â diflannu eto — yr un ohonoch chi!'

'Dim llawer o obaith i hynny ddigwydd — mae gwledd ar y gweill iddyn nhw,' esboniodd George Foureyes. 'Mi gewch chi ddod os mynnwch,' ychwanegodd.

'Diolch,' meddai'r heddwas. Roedd gallu'r Indiaid i faddau beiau yn ei synnu o hyd, ond am nad oedd eisiau israddio'i swyddogaeth, ychwanegodd, 'Ella y do' i.'

Brysiodd Pot o'i gell yn fud ond, wedi cyrraedd y stryd, byrlymai ei hanes ers i Ffredi ddiflannu i'r goedwig ohono:

taith mewn canŵ mawr i ynys ym Mae Iago gyda theulu cyfan George Foureyes; prynhawn mewn cwt chwysu oedd wedi'i sioncio'n llwyr wedi effeithiau'r noson o oryfed; a'r bore wedyn yn hela gwyddau tew a charw, yn barod at y gwledda ar ddychweliad Ffredi a'r gweledydd o'r goedwig. Yna soniodd am ei 'restio eto a'r cyhuddiadau brwnt yn ei erbyn.

'A be amdanat ti, Ffredi? Sut aeth hi efo chdi?' gofynnodd o'r diwedd.

'Iawn,' meddai'r broga'n syml.

'Wyt ti'n siŵr?' Roedd Pot yn siomedig gydag ymateb swta ei ffrind; ond mewn gwirionedd nid oedd Ffredi, am unwaith yn ei fywyd, eisiau brolio am ei antur. Roedd ei brofiad yn y goedwig wedi bod mor wahanol i bopeth a brofasai yn y gorffennol, ac roedd yn dal i gofio â ffieidddra sut roedd o wedi cnoi a llyncu rhith-gnawd ei gyfaill dan ddylanwad y Windigo.

'Mae popeth yn iawn, Pot, wir i ti. Dwi'n gwbod lle mae Gethin — a Bobi, wrth gwrs — wedi'u carcharu. Mae'r ddau'n iawn a mi'u rhyddhawn ni nhw fory, paid â phoeni.'

Fflachiai llygaid Pot yn hapus. 'Yna mi allwn ni ei throi hi am adra! Wnest ti ddeud y newyddion hyn wrth y plismon 'na?'

'Naddo. Mi fysa fo'n cysylltu â'r glas erill, a nhwtha'n ceisio rhyddhau Geth a Bobi ar eu pen eu hunain. Dwi isio bod yno i'w stopio nhw rhag gwneud stomp o betha, a 'ta beth, dywedodd . . .' a pheidiodd yn sydyn.

Gwenodd George Foureyes yn gynnil, gan dynnu ei sbectol a rhwbio'i lygaid i guddio'r ffaith. Roedd yr Athic yn dysgu bod 'na rai pethau nad oedd wiw eu hynganu ond wrth yr ychydig oedd hefyd wedi derbyn profiad cyfrin. 'Dowch yn eich blaen, hogia; mi fydd y wledd yn ein haros erbyn hyn!'

*   *   *

Roedd yn ymddangos fel petai trigolion Moosonee oll wedi derbyn gwahoddiad, gyda phobl yn eistedd wrth fyrddau oedd wedi cael eu gosod ar y lawnt o flaen tŷ George, yn lolian ar y glaswellt tenau, yn llenwi'r tipi ac yn gorlifo i risiau'r tŷ ac ymyl y ffordd lychlyd. O gefn y tŷ deuai arogleuon barbeciw, ac ymbalfalai pobl o'r fan gyda dwylo llawn bwyd: tafellau tywyll o gig carw, coesau seimllyd gwyddau, cyrff cyfan gwiwerod du ac ysgyfarnogod yr eira; golwythau o benhwyaid y gogledd wedi'u lapio mewn dail; pennau melyn india corn a phlatiau llawn o *squash* soeglyd. Ac wrth fwyta, roedd pawb yn siarad a chwerthin a chwarae gêmau — rhai'n chwarae'r gêm gardiau hynod, *euchre*, eraill yn fflipio hadau caled y *squash* ar ei gilydd neu'n lluchio esgyrn bach pawennau'r afanc mewn rhyw gêm hapchwarae annelwig. Allan ar y ffordd roedd y rhai ifanc wedi dechrau gêm bêl-fas — doedd dim tryciau rhydlyd yn sgrialu o gwmpas heddiw.

Pan gyrhaeddodd y twristiaid, roedd eu siomiant yn amlwg: ble oedd yr Indiaid i fynd â nhw ar dripiau canŵ o gwmpas yr ynysoedd cyfagos? Sut gallen nhw ymweld ag Ynys Ffatri Mŵs lle'r oedd eglwys gyda lliain allor wedi'i wneud o groen mŵs, yn ôl y llyfrau twristaidd — eglwys bren a olchwyd i ffwrdd ar un achlysur yn llifogydd y gwanwyn; a be oedd ymateb digri'r Indiaid i hynny? Torri tyllau yn llawr yr eglwys fel y byddai llifogydd y dyfodol yn llenwi'r eglwys a'i chadw'n saff yn ei lle! A ble oedd y crefftau a ffosiliau roedd eu ffrindiau wedi'u brolio? Roedd eu pres yn llosgi yn eu pocedi a dim byd ar gael i'w wario arno yn y twll lle 'ma. Ond pitïai'r Indiaid drostynt a'u gwahodd i ymuno yn y wledd. O fewn ychydig roedd y camerâu'n fflachio i gofnodi achlysur ethnig, cyntefig: Merilee fach yn dal dwylo â hogyn annwyl gyda gwallt du, syth a llygaid almon, neu Joe'n chwyddo'i fol anferth â chig roedd yn well peidio â gofyn beth ydoedd!

Yn ymnyddu rhwng y dyrfa, gan ysgwyd llaw yma a dweud jôc fach gymen acw, roedd offeiriaid a gweinidogion gwahanol eglwysi'r dref. Roedd yn amlwg bod eu preiddiau yn falch o'u gweld; eto i gyd, roedd hefyd yn amlwg bod y lleygwyr yn synnu gweld eu bugeiliaid wedi hel at ei gilydd fel hyn. Yn raddol, daeth yn glir mai anelu i gyfeiriad Ffredi, Pot a Sy'n-siarad-â'r-arth roeddynt — rywsut, trwy hap a damwain yn unig efallai, ymgasglasant yn yr union fan lle yr eisteddai'r tri.

'Prynhawn da, rwy'n gobeithio eich bod chi'n mwynhau'r parti,' meddai un, fel petai ef ei hun wedi trefnu popeth ac yn chwilio rŵan am ddiolchiadau.

'Yndan, diolch yn fawr,' atebodd Pot, gan wthio potel o gwrw hanner-gwag y tu ôl i'w gefn wrth weld y goler gron. 'Pobl ffeind ydi'r Crî.'

'O, peidiwch â phoeni, rydyn ni'n hen gyfarwydd â'r arfer o yfed y ddiod gadarn yma. Pobl ffeind iawn ydyn nhw, gwir y gair!' Gwenodd ar ei gymdeithion yn faldodus.

'A sut mae'ch ffrindiau yn eu mwynhau eu hunain? Ydych chi'n cael hwyl hefyd?' gofynnodd un arall, gan edrych ar Ffredi'n gynnil.

Nodiodd y gweledydd, ond ni symudodd Ffredi na dweud un dim.

Cliriodd yr ail weinidog ei wddf ac edrych o'i gwmpas, fel petai'n annog ei gymdeithion i siarad. Roedd llygadrythu astud y broga a'r gweledydd yn eu cadw'n fud ysywaeth; felly, dechreuodd eto: 'Mae rhai o'm praidd yn honni bod gennych froga sy'n medru siarad, syr.' Trodd ei lygaid yn herfeiddiol ar Pot.

'Wel, mae Ffredi yn siarad pan mae o isio,' meddai Pot yn araf, 'ond dydi o ddim yn perthyn i mi. Mae o'n unigolyn fel chi a minna.' Gwenodd yn galonogol ar ei gyfaill.

'Mae hwnna i'w brofi eto, yntê?' cynigiodd un arall yn anghrediniol.

'Be sy mor rhyfedd ynglŷn ag anifail sy'n siarad?' meddai Ffredi'n sydyn, gan wneud i rai o'r bugeiliaid syllu arno'n gegrwth ac i eraill edrych yn amheus ar Pot. 'Tasach chi wedi gwrando ar y Crîaid, mi fysach chi'n gwbod bod pob creadur yn gallu siarad 'run fath â minna.'

Lledodd gwên fach ar draws wyneb Sy'n-siarad-â'r-arth, fel cwmwl bach yn rhuthro heibio i'r haul. Cododd offeiriad ei sgertiau ryw fymryn cyn cwrcydu o flaen y broga. 'Mi ydan ni wedi clywed sôn am y ffenomen ganddynt, wrth gwrs, ond, tan rŵan, ni chawsom dystiolaeth i brofi'r ffaith.' Yna, trodd at Pot a gofyn yn ddiniwed, 'Wnewch chi nôl potel o gwrw i mi, os gwelwch yn dda? Dydan ni, Babyddion, ddim yn gwrthod y ddiod gadarn fel rhai o'm ffrindiau yma!'

Cynigiodd Pot botel heb ei hagor wrth ei ymyl i'r offeiriad ond, 'Na, mae'n well gen i un yn syth o'r oergell os gwelwch yn dda. Os nad ydach chi'n meindio?'

'Wrth gwrs,' a chrwydrodd Pot i ffwrdd am dŷ George Foureyes.

Cilwenodd yr offeiriad yn fuddugoliaethus ar ei gymdeithion a gofyn yn nawddoglyd, 'Sut wyt ti wedi dy fwynhau dy hun yng Nghanada, Ffredi? Ga i dy alw di'n Ffredi?'

Nodiodd Ffredi'n swta — roedd wedi sylwi ar y 'ti' amharchus, diangen.

'Wel, 'te, sut wyt ti wedi mwynhau Canada? Mae deryn bach wedi dweud wrthyf fod gen ti dipyn o bres!' a chwarddodd yr offeiriad yn felys fel petai'n blasu jôc arbennig o ddigri.

'Dipyn, 'te,' meddai Ffredi'n fyreiriog, ond clywai Sy'n-siarad-â'r-arth yn gofyn iddo ddweud faint o bres wrthynt. 'Dwi wedi etifeddu ffortiwn y diweddar Siôn Assurbanipal Myrdal; mi ydach chi wedi clywad amdano fo, mae'n debyg?' Ac yna soniodd am swm a sylwedd ei ffortiwn a mwynhau gweld y cegau'n syrthio'n agored o'i gwmpas. Rhannodd wên â Sy'n-siarad-â'r-arth cyn dechrau unwaith eto. 'On i'n meddwl 'mod i'n fy mwynhau fy hun yng Nghanada — popeth ar gael i mi, popeth,' pwysleisiodd, 'gyda 'mhres — cyn i mi ddod i Moosonee. Dwi wedi dysgu bod 'na betha pwysicach na phleser a phres ers i mi ddod yma.'

'Wel, wrth gwrs,' rhuthrodd un i ddweud. 'Ond mae'n rhaid ei bod hi'n gysur gwybod bod gen ti sicrwydd mor sylweddol wrth gefn.'

'Pa sicrwydd ydi hwnna? Tasach chi wedi dod wyneb yn wyneb â'r . . . 'Ta beth, dwi wedi dod i'r casgliad bod pres yn felltith, i mi o leia. Dwn i'm am ddynolryw, ond . . . tasach chi wedi derbyn yr addoli slafaidd, y llyfu

traed a swsys tin ges i yn Toronto gan bawb am fod gen
i gymaint o arian gleision, mi fysach chi'n ama gwerth
pres i bobl hefyd.'

Rhythodd yr offeiriad Catholig ar Ffredi. 'Mae o'n
Gomiwnydd! Broga Coch o bopeth!'

'Ond mae hyd yn oed y Comiwnyddion mwya rhonc
yn meddu ar enaid,' cynigiodd un arall yn ddireidus
braidd.

'Meddu ar enaid? Meddu ar enaid! Hy, dydi'r gallu
i siarad, ar ei ben ei hun, ddim yn arwydd o feddu ar
enaid!'

Roedd y trywydd ffals, sef syniadau gwleidyddol Ffredi,
wedi'i ddirwyn i'w ben, ac roedd yr offeiriad a'r
gweinidogion wedi dod yn ôl i'r prif reswm dros siarad
â'r creadur hynod hwn.

'Nac ydi, wrth gwrs,' meddai un yn gysidrol. 'Fel mae
Descartes yn datgan, mae anifeiliaid yn greaduriaid
direswm. O, mae rhai ohonynt yn gallu siarad —
parotiaid, er enghraifft — ond dydyn nhw ddim yn
meddwl am be maen nhw'n ei ddweud.'

'Descartes wir!' ffrwydrodd yr offeiriad Catholig.
'Roedd ein Sant Awstin wedi dweud yr un peth fil a thri
chant o flynyddoedd ynghynt! Wrth drafod "Na ladd",
mae o'n dweud nad yw'r gorchymyn hwnnw ddim yn
gymwys i blanhigion am nad ydynt yn teimlo, ac nad yw'n
gymwys i anifeiliaid sy'n hedfan, nofio, cerdded neu
gropian ychwaith, am nad oes rheswm ganddynt. Maent
yn bodoli yn unig i'n defnydd ni ohonynt — yn fyw neu'n
farw,' a throdd i edrych yn sarrug ar Ffredi cyn
ychwanegu, 'Yr Ugeinfed Bennod, *Dinas Duw*.'

Ond nid oedd yr un ifanc direidus wedi chwythu ei blwc

eto. 'Mae'r broga 'ma'n amlwg yn meddwl am be mae o'n siarad, hyd yn oed os ydan ni'n anghytuno â fo. Mae'n glir ei fod yn greadur rhesymol ei natur.'

'Be!'

'A be am arwyddocâd achosion llys yn erbyn anifeiliaid? Roedd eich eglwys chi'n dod ag anifeiliaid o flaen eu gwell yn aml,' a gwenodd yn siriol ar bawb — 'rhan fwya yn yr Oesoedd Canol, wrth gwrs, ond roedd yr arfer yn para tan yn ddiweddar iawn fel ydw i'n dallt. Mae Plato —'

'Plato!' ebychodd rhywun fel petai'n blasu rhyw bydredd yn ei geg.

'Mae Plato, yn ei *Gyfreithiau*, yn datgan, os bydd anifail gwaith neu unrhyw greadur arall yn lladd person, ac eithrio anifail oedd yn cymryd rhan yn y mabolgampau cyhoeddus, yna dylai perthnasau'r marw erlyn yr anifail am lofruddiaeth.'

'Mi fysa rhywun yn disgwyl y fath ffwlbri ganddo fo!'

'Cofiwch, ffrindiau, yr hyn a ddywedir yn Llyfr Exodus.'

Edrychodd y bugeiliaid eraill ar ei gilydd yn syn. Oedd y coegyn bach dwl yma heb sylwi bod ambell un o'u preiddiau yn gwrando erbyn hyn, tybed? Roedd yn iawn cyfeirio at athronydd chwit-chwat fel Plato — fysa neb wedi clywed sôn amdano fo, 'ta beth — ond i ddyfynnu'r Gair ar bwnc fel hyn!

'Yr unfed bennod ar hugain.'

'Taw!'

'Dydw i ddim yn cofio'r adnod, ond fel hyn y mae'n mynd: "Ac os ych a gornia ŵr neu wraig, fel y byddo farw: gan labyddio llabyddier yr ych, ac na fwytaër ei gig ef: ac" — a dyma be sy mor ddiddorol — "aed perchen yr ych yn rhydd.'' Hynny yw, yr anifail yw'r un sy'n gyfrifol am y lladd, nid ei berchennog. Mae gan yr ych, felly, ewyllys! Dwi'n cofio darllen am achos o'r ddeunawfed ganrif,' aeth yn ei flaen gan anwybyddu'r arswyd ar wynebau ei gyd-glerigwyr, 'lle'r oedd asen o Ffrainc yn derbyn pardwn, ar ôl cael ei chollfarnu i farwolaeth, am fod yr offeiriad lleol wedi tystiolaethu i'w chymeriad da. Roedd *o*'n credu bod gan yr asen annwyl 'na enaid!'

Roedd Ffredi yn sicr ei fod yn clywed rhywun yn mwmian 'Blydi hel!' ond rywbryd yn ystod y drafodaeth roedd yr heddwas wedi cyrraedd y wledd, ac erbyn hyn roedd yn amlwg ei fod wedi ymuno â'r hwyl. Roedd coler ei grys glas swyddogol yn agored a'i geg a'i fochau cochion yn sgleinio gan saim cig. Er bod gwain ei wn yn dal am ei ganol, doedd y dryll ddim i'w weld ynddi.

'Heia, Ffredi, dwyt ti ddim wedi mynd ar goll eto, wedi'r cyfan! Ydi'r boneddigion hyn yn dy hambygio di? Mi a' i â nhw i'r celloedd os mynni di!' A chwarddodd yn harti am ben ei jôc ei hun.

'Mae gen i gell yn barod, offisar,' sgyrnygodd yr offeiriad Pabyddol yn llym, 'cell y gyffes. Ac mae'n hen bryd i mi eich gweld chi yno hefyd, os 'dach chi'n cofio'r ffordd.'

Cododd bloedd o chwerthin o'r Crîaid oedd wedi hel i'r fan, ac edrychai'r heddwas yn ansicr ar ei offeiriad cyn camu yn ôl a dweud, 'Ie, wel, well i mi chwilio am dy gyfaill, Ffredi, rhag ofn iddo fynnu crwydro'n rhy bell. Bydd yr awyren yn cyrraedd i'ch nôl chi mewn ychydig.' Brasgamodd i ffwrdd ac, ar ôl peth oedi annifyr, dilynwyd ef gan ddynion y goler gron.

Trwy siarad mân yr Indiaid daeth rhech ddofn awyren

yn agosáu. Gwenodd Ffredi ar y gweledydd a dweud yn ddistaw, 'Amsar ffarwelio, Sy'n-siarad-â'r-arth.'

'Yn y corff, ie, ond mi arhosi di yn fy nghalon am byth, Athic — ac wrth gadw'r pryfaid duon oddi wrthyf.' Gwenodd yn llydan ar y broga.

Yr hen lwynog, meddyliodd Ffredi, roedd o'n gwbod drwy'r adeg! A chwarddodd yn uchel.

Rhuthrodd Pot atynt a photel gwrw yn ei law, ond doedd o ddim yn chwilio am yr offeiriad Pabyddol. 'Mae'r awyren wedi cyrraedd, Ffredi. Wyt ti wedi ffarwelio â phawb? Brysia!'

Ond roedd yn amhosibl brysio mewn gwirionedd. Pentyrrodd y Crîaid i'r fan, gan lenwi breichiau Pot ag anrhegion. 'Dyna ein harfer pan gynhelir gwledd,' meddai George Foureyes mewn ateb i brotestiadau Pot. 'Dyma chdi, blanced crwyn sgwarnogod gwyn y gaea i ti. Ac i Gwen, dy wraig, pâr o focasinau croen mŵs — gobeithio y bydd hi'n eu licio nhw. Yn sicr mi fyddan nhw'n siŵr o'i chadw'n gynnes yn y gaea — er,' ychwanegodd yng nghlust Pot, 'mi fysa'n well i ti ei chadw hi'n gynnes dy hun!' Winciodd ar Pot oedd wedi sôn am ei anturiaethau rhywiol yn Toronto. Gwridodd Philip Owen Thomas yn hapus.

Erbyn hyn roedd pawb yn cyfnewid anrhegion, gan gynnwys y twristiaid oedd yn cael y gwaith llaw a'r ffosiliau a arferai gael eu gwerthu. A hwythau, yn eu tro, yn cynnig mwclis, breichledau, teganau a dillad sbâr o'u bagiau cefn. Roedd un Japanead wedi bod yn ddigon eithafol i aberthu ei dri chamera; hebddynt, roedd golwg noethlymun arno.

'Be gawn ni 'i roi, Ffredi?' gofynnodd Pot yn boenus.

'Mae'r Athic wedi rhoi'n barod,' meddai'r gweledydd wrth ei ochr, 'a phetaech chi'n perswadio'r Prif Weinidog newydd 'na i ymweld â Moosonee, i ni esbonio ein hanghenion iddo, byddai hwnnw'n anrheg digonol.' Yna, cwrcydodd Sy'n-siarad-â'r-arth a thynnu bocs bach o'i boced. 'Presant i ti, Ffredi,' ac wrth iddo agor y blwch i ddangos gwlithen fawr, biwsddu y tu mewn iddo, sibrydai'n ddistaw wrth Ffredi'n unig am funud. Parodd ei eiriau i'r broga chwerthin yn afreolus. 'Giamstar o foi wyt ti, gyfaill! Mi gofia i di am byth, paid â phoeni!'

XVII

Roedd yr awel yn hebrwng drewdod i'w ffroenau. Rhywle ar y traeth y tu ôl iddynt roedd rhes fratiog o bysgod yn gorwedd yn yr haul — pysgod a fu unwaith fel arian byw yn nyfroedd Llyn Huron ond oedd yn pydru rŵan, wedi'u gwenwyno gan arian byw o'r melinau pwlp a phapur i'r gogledd o Southampton.

Pentref gwyliau oedd Southampton wrth waelod Penrhyn Bruce, a chyrion ei draeth hir yn frech gan fythynnod haf yr ymwelwyr.

Roedd Ffredi a Pot yn gorwedd mewn stribedyn cul o lysdyfiant gwyllt rhwng y traeth a'r tai haf, yn syllu ar gaban pren lle'r oedd Gethin a Bobi'n cael eu dal gan yr herwgipwyr. Oddeutu iddynt, ac yn y goedwig arw y tu ôl i'r caban, roedd heddweision arfog yn chwysu ac yn rhegi'n ddistaw, gan daro'r awyr yn ofer rhag y pla pryfaid.

Noson hir o drafod dyfodol ei ffortiwn gyda Phrif Weinidog Canada, ymweliad y bore wedyn â Shrinkelstein, Shrinkel a Shrink yn y carchar, a'r siwrnai hir i Southampton mewn awyren fach — erbyn hyn roedd Ffredi'n flinedig iawn. Ond nid oedd am gysgu eto, nid tan y byddai Gethin yn rhydd.

Cododd heddwas yn ofalus ar ei draed a rhoi corn siarad wrth ei geg. Gyda'r floedd gyntaf, cododd haid o adar o'r coed a hedfan yn flêr i ffwrdd.

'Chitha y tu mewn i'r caban. Dyma'r rhybudd olaf i

chi. Anfonwch Robert Cassidy allan ac yna dewch allan eich hunain a'ch dwylo ar eich pennau! Mi waranta i chi na fyddwn ni'n saethu. Ond os na ddewch chi allan o fewn pum munud, mi saethwn ni nwy dagrau i mewn i'r caban a'ch gorfodi i adael y lle!'

Gwichiodd drws y caban yn agored ryw fymryn a gwthiwyd pen gwelw Bobi allan. Edrychodd dros ei ysgwydd am eiliad ac yna dechreuodd siarad mewn llais gwan.

'Maen nhw'n deud nad ydi'ch bygythiadau ddim yn eu poeni. Mae digon o fwyd a diod yn y caban a . . . a chaeadau ar y ffenestri, fydd yn cadw'r nwy dagrau allan. Felly . . ' — ac roedd yn amlwg i Bobi dderbyn pwn yn ei gefn i ail-ddweud geiriau'i garcharwyr — '. . . felly, twll 'ych tina chi.'

Neidiodd Edward Cassidy, Gweinidog Mwyngloddio Canada a thad Bobi, ar ei draed: 'Robert!'

'Hei, Dad, *long time no see*. Mae'n ddrwg gen i am . . .'

Plyciwyd Bobi yn ôl yn ddiseremoni, a bloeddiodd llais cras, 'Gwranda, Cassidy. Pan gawn ni'r pres, mi gei ditha dy fab llipa! Nid cynt.'

'Mae'n rhaid i chi ildio. Wnawn ni ddim derbyn eich telerau ar unrhyw gyfri!' Yna ychwanegodd yr heddwas yn ddistawach, 'Polisi'r llywodraeth 'dach chi'n aelod ohoni hi ydi hwnna, Mr Cassidy.'

'Paid â malu awyr, mêt. Y pres, ac awyren i ni hedfan o 'ma. Dyna'r gair ola!'

Clepiodd y drws ar gau a saethodd bwled dros ben yr heddwas cyn i gaeadau ffenestri'r caban gau'n ddirmygus.

'Hel dail i'r malwod oedd hynna,' sylwodd Ffredi wrth yr heddwas oedd yn gorwedd ar ei hyd unwaith eto.

'Mi hoffwn i dy weld *ti*'n gneud yn well, 'ta — y jarff mawr!' sgyrnygodd y dyn.

'Iawn; Mr Cassidy?'

Edrychodd tad Bobi'n ddryslyd ar Ffredi. 'Ie?'

'Wnewch chi sicrhau na fydd y dynion 'ma'n dechrau'u giamocs pan fydda i i ffwrdd, ocê?' gorchmynnodd y broga'n hyderus ac, wrth sboncio allan o'r striben llysdyfiant i groesi'r ffordd bridd am y goedwig draw, clywodd bennaeth yr heddlu'n rhybuddio'i luoedd, yn anfodlon braidd, i beidio ag ymosod ar y caban nes iddo ddweud yn wahanol.

'Be sy gan eich cyfaill dan glust ei gap?' gofynnodd Edward Cassidy i Pot.

'Dwn i'm,' ochneidiodd y cyfreithiwr a theimlo'r chwys yn diferu ar hyd ei gefn. Roedd yn gobeithio'n arw na fyddai Ffredi'n methu, ond roedd y dasg o'i flaen fel tynnu caglau o gynffon buwch! Druan o Ffredi, meddyliodd, Duw a'i helpo pan fydd y plismon 'na'n chwerthin am ei ben cyn rhuthro am y caban a'i wn yn tanio yn ei ddwrn. Pam na allen nhw roi'r blydi pres i'r herwgipwyr a dod â'r llanast 'ma i ben? Oedd pres yn fwy pwysig na bywyd Bobi? Teimlai Pot yn ddiobaith wrth syllu'n ddigalon ar y pridd o'i flaen.

'Drycha, be 'di hwnna?'

Roedd heddwas yn ymestyn ei wddf i edrych ar gwmwl tenau oedd yn codi o'r goedwig y tu ôl i'r caban.

'Mae rhyw ffŵl wedi cynnau tân!' awgrymodd un arall yn anghrediniol.

'Ond nid mwg ydi o. Yli, mae'r gwynt yn dod o'n cefna ni, ac mae hwnna, be bynnag ydi o, yn dod tuag aton ni!'

Roedd y cwmwl yn twchu ac, yn ddiamau, yn symud yn raddol yn erbyn y gwynt.

'Be ydi o, 'te?'

'Ffredi,' atebodd Pot yn ddistaw, ond y tu mewn iddo roedd ei galon fel gordd a'i waed yn corddi.

Daeth y cwmwl rhyfedd yn nes a hofran am eiliadau dros ben y caban cyn setlo arno. Trodd estyll cedrwydd y to a'r plastr gwyn rhwng boncyffiau y waliau'n ddu, ac yna, yn gyflym, teneuodd y düwch, a hynny heb i'r cwmwl ailesgyn i'r awyr.

Be oedd yn digwydd?

Clywodd Pot sŵn bach wrth ei draed ac edrychodd i lawr ar Ffredi'n anadlu'n fyr yno.

'Lle wyt ti 'di bod? Be ddaru ti neud?'

'Dal dy ddŵr, Pot,' ac anadlodd y broga'n ddwfn. 'Popeth mewn trefn. Mi fyddan nhw . . . allan mewn . . . chwinciad . . . fel llwch o'r tŷ . . . ar ddiwrnod cynhaea pry cop!'

'Hy!' ebychodd yr heddwas oedd wedi cael ei frifo gan Ffredi, ond ni chafodd siawns i ychwanegu dim oherwydd, yn sydyn, dechreuodd gweiddi a sgrechian ddod o'r caban, fel pe bai myrdd o ellyllon wedi ymddangos yno ac yn codi arswyd. Ergydiwyd caead ffenest yn ôl a chodwyd rhan isa'r ffenest ei hun. Ymddangosodd rhywbeth yn debyg i fwg tenau trwy'r bwlch am eiliad cyn iddo gael ei sugno'n ôl i mewn. Aeth y griddfanau ingol o'r tu mewn yn saith gwaeth ac roedd yn amlwg oddi wrth sŵn dodrefn yn cael eu malu'n racsjibidêrs, fod brwydr o ryw fath yn digwydd. 'Mae'n rhaid i ni ymyrryd, Mr Cassidy!' cyhoeddodd y prif heddwas yn awdurdodol ac amneidiodd ar ei ddynion i godi a symud ymlaen. Ond wrth iddo godi ei radio i'w wefusau i anfon yr un neges at yr heddlu'n llechu yn y goedwig, dyma ddrws y caban yn hyrddio'n agored a straffagliodd un o'r herwgipwyr allan, yn ddu bits.

'Mi ydw i'n' — a chododd ei ddwylo dros ei ben — 'dod allan!' Trawodd ei wyneb ei hun mor galed nes iddo wegian. 'Peidiwch â saethu, plîs!' Dechreuodd ddawnsio'n drwsgl, gan gicio'i goesau, chwifio'i freichiau a tharo pob rhan o'i gorff oedd o fewn ei gyrraedd. 'Mi ydw i'n ildio!'

Yna, saethodd i lawr y grisiau o flaen y caban a rhedeg yn wyllt at linell yr heddlu. Anelai sawl dryll ato, ond yn eu syndod ni thaniodd neb wrth i'r dyn dorri trwodd a'i heglu hi am y traeth. Wedi'i gyrraedd, rhuthrodd i'r dŵr a phlymio iddo. Hofranai cwmwl bach du dros y fan lle'r oedd o wedi diflannu.

'Daliwch o!' gwaeddodd y prif heddwas ar ei ddynion cegrwth, ond cyn iddyn nhw fedru ymateb i'w orchymyn, dyna'r ail herwgipiwr, yr un mor ddu â'r llall, yn ffrwydro rhwng eu rhengoedd a'i luchio'i hun i ddyfroedd y llyn. Roedd ail gwmwl du yn nodi cyfeiriad ei blymiad.

Ac wrth i bennau'r dynion godi i wyneb y dŵr, dyma'r cymylau bach yn disgyn tuag atynt; a phan ailblymiai'r pennau, esgynnai'r cymylau unwaith eto. Roedd fel edrych ar arbrawf syml i blant mewn magneteg — gyda phen a chwmwl yn agosáu fel pegynau gwrthgyferbyniol yn cael eu tynnu at ei gilydd ac yna, un pegwn yn cael ei wyrdroi, a phen a chwmwl yn cael eu gyrru ar wahân unwaith eto. Ar ôl yr holl dwrw ac anhrefn, roedd rhywbeth digon boddhaol mewn syllu ar y ffenomen syml a gweddus hwnnw —

I fyny, i lawr; i fyny, i lawr —

Torrodd Ffredi ar y freuddwyd.

'Fel y gwelwch chi, fydd fy ffrindia ddim yn gada'l iddyn *nhw* fynd yn bell!' Chwarddodd. 'Tyrd, Pot, mae'n amsar i ni ymweld â Gethin — a Bobi wrth gwrs.'

Sbonciodd i ffwrdd yn llon, gan adael i Pot ac Edward Cassidy ymbalfalu yn ôl ei draed, y ddau ddyn yn dal i synnu at y canlyniad annisgwyl.

Roedd y tu allan a'r tu mewn i'r caban wedi'u gorchuddio'n dew gan bryfaid bach du a mosgitos.

'Da iawn, gyfeillion!' crawciodd Ffredi ar y trothwy, ac yna ychwanegodd wrth Pot, 'Nid pwy wyt ti, ond pwy wyt ti'n nabod sy'n dod â'r maen i'r wal, yli!'

Camodd y ddau ddyn i mewn ar ei ôl yn betrus.

'Su' mae, Dad,' meddai Robert Cassidy. 'Hei Pot, heia Ffredi!'

Brithai cleisiau brathiadau'r gelod ei freichiau ac roedd ei wyneb yn edrych yn welw iawn.

'Su' mae, Bobi. Bydd angan mynydd o stêc a sbinaits arnat ti,' cellweiriai Pot wrth i Bobi gamu i fynwes ei dad.

'Lle mae Gethin?' mynnai Ffredi'n awyddus, ac neidiodd Bobi ar fwced yng nghornel bella'r caban. Sbonciodd Ffredi ar draws y llawr a chlwydo ar ymyl y bwced.

'Gethin, pa un wyt ti?' gwaeddodd, wrth syllu mewn penbleth ar gwlwm cyrff y gelod.

Cododd pen deg-llygad i wyneb y dŵr.

'Hylô, Ffredi, mae'n dda g-gen i dy weld di. Ydi B-Bobi'n iawn? A b-be am P-Pot?'

Yna, heb aros am ateb, cyhoeddodd yn llawn hunanfalchder, 'Mi ydw i'n disgwl!'

XVIII

' "Am be wyt ti'n disgwl?" gofynnodd Ffredi.

' "Disgwl. Ti'n gwbod, magu mân esgyrn. Er, fydd dim mymryn o asgwrn yn fy rhai bach i!" atebodd Gethin.

' "Mi wyt ti'n FEICHIOG?"

' "Yndw."

' "Ond . . . ond o'n i'n meddwl mai hogyn oeddat ti!"

' "Gwranda, Ffredi. Dwyt ti ddim yn g-gwbod p-popeth. Mi ydan ni'r g-gelod yn meddu ar y ddau ryw, wst ti. O, mi ydw i wedi cael amsar da iawn yn ddiweddar!" '

Yng nghegin eu fflat bach ym Mhwllheli estynnodd Pot wydriad arall o win i'w wraig cyn ailafael yn ei stori.

'Ac mi ddylsat ti fod wedi gweld wyneb Ffredi, Gwen — roedd yn bictiwr o ych-a-fi ac anghrediniaeth! Erbyn hyn, wrth gwrs, mae o wedi derbyn y ffaith. Fyswn i ddim yn ama mai paratoi magwrfa crand i epil Geth mae o'r funud 'ma.'

'Be bynnag neith o, rydach chi'ch dau yng ngheg y byd. Dydi'r ffôn ddim wedi peidio â chanu ers i newyddion diwedd yr ail herwgipiad dorri. Y *Western Mail, Daily Post, Y Cymro* a'r *Herald* — maen nhw i gyd wedi galw i ofyn am f'ochr i o'r stori!'

'A be ddaru chdi 'i ddeud?' gofynnodd Pot yn gellweirus, gan lyncu dracht arall o'r gwin coch.

Plannodd Gwen ei phenelinoedd yn hamddenol ar y bwrdd bwyta. 'Wel, gwraig â'i gŵr oddi cartra o'n i, 'n hiraethu am ddychweliad ei harwr — ia, dyna'r stori rois i iddyn nhw. A gwir pob gair,' ychwanegodd yn slei a chymryd cipolwg sydyn ar wyneb lliw haul ei gŵr yn gwenu'n ansicr ar dinc ei geiriau.

'Mae galwadau erill wedi bod hefyd. Y Swyddfa Gymreig, A.D.C., a'r ferch graff 'na — be 'di 'i henw hi? — o Antur Llŷn. Maen nhw i gyd wedi clywad si bod 'na bres ar ei ffordd i Gymru ac yn mynnu cynnig eu help i'w ddidoli.'

Chwarddodd Pot. 'Pres? O bydd, mi fydd tomen o bres yn dod!' Yna, difrifolodd a dweud, 'A ti'n gwbod, Gwen, diolch i Ffredi, mi fyddi di a fi'n cachu pres o hyn ymlaen.'

'Fydd hynna'n newid ein bywyda, tybad?'

'Wel — '

'A mi ddylsat ti fod wedi gweld wyneba Shrinkelstein, Shrinkel a Shrink pan ddwedes i wrthyn nhw yn y carchar 'mod i'n rhoi fy ffortiwn i gyd i lywodraeth Canada i'w gwladoli! Roedd fel dwyn asgwrn oddi ar gi, a'i roid o i lawr yn 'i olwg o ond o gyrraedd 'i gadwyn o. Doedd gen i mo'r galon i roi'r wlithen ges i gan Sy'n-siarad-â'r-arth iddyn nhw — roedd eu ffiol nhw'n gorlifo eisoes!'

'Eitha reit,' cytunodd Nansi, heb esbonio ai cymeradwyo ei dosturi oedd hi neu gefnogi anffawd y twrneiod llwgr.

Roeddynt yn eistedd ym mharlwr y fadfall ddŵr ar ôl bwyta un o'r swperau godidog roedd Nansi'n arbenigwraig arnynt.

'A be fydd yn digwydd i'r ffortiwn rŵan?'

'Tyfu, mae'n siŵr. Ond o hyn ymlaen bydd rhaid i'r cwmnïa ymdrechu i ofalu am yr amgylchedd yn lle'i ddifetha fo. Mi ddaw 'na ugain miliwn i Gymru bob blwyddyn, miliwn i blannu coed a chreu llynnoedd i greaduriaid, a'r gweddill i hybu busnesa bach cefn gwlad. Pot yw trefnydd yr holl sioe ochr yma i'r Iwerydd; a minna . . .'

'Ia, be amdanat ti?'

'Fi ydi'r un sy wedi gneud 'r holl beth yn bosib'!'

'Taw â dy frolio, wnei di,' gorchmynnodd Nansi, ond doedd dim arlliw o gerydd yn ei llais. Ymestynnai ei hun yn ddeniadol. 'Mae cael clywad am stad Gethin wedi rhoi syniada i mi, Ffredi.'

Syllai'n ymholgar ar Ffredi ac, ar ôl ennyd o benbleth, gwawriodd gwên ar wyneb y broga.

'— Gwen . . .' dechreuodd Pot yn betrusgar, '. . . wyt ti'n meddwl y gallen ni . . . rŵan . . . feddwl am ddechra teulu?'

'Feddylis i nad oeddat ti byth am ofyn!'

A chwerthin yn siriol wnaeth Gwen yr holl ffordd i'r llofft.